SEEFAHRT!
Von Knochenbrechern, rosa Delphinen und wilden Weibern

Das Buch gibt einen weiteren Teil der Lebensgeschichte des Autors wider, niedergeschrieben anhand seiner Erinnerung und seinerzeit entstandenen Aufzeichnungen.

Alle in diesem Buch vorkommenden Personen sind oder waren Personen des wirklichen Lebens. Um ihre Privatsphäre zu schützen, sind die Namen, außer dem des Autors, verändert worden.

Für die Lektoratsarbeit geht mein Dank an Frau **Verena Korinth**.

FRIEDRICH HEINRICH SYNOLD

SEEFAHRT!

Von Knochenbrechern, rosa Delphinen und wilden Weibern

Autobiographie

Quellennachweise:
Das maritime Lexikon, Herr Wesselhöft
www.wesselhoeft.net/Lexikon/Lexikon.htm
Wikipedia – Die freie Enzyklopädie
Seemannsamt Hamburg
Internet allgemein

Bibliografische Information der Deutschen Nationalbibliothek:
Die Deutsche Nationalbibliothek verzeichnet diese Publikation
in der Deutschen Nationalbibliografie; detaillierte bibliografische
Daten sind im Internet über http://dnb.dnb.de abrufbar.

© 2019 Friedrich Synold
Umschlaggestaltung: Sophie Schütt
Satz, Herstellung und Verlag:
BoD – Books on Demand, Norderstedt

ISBN: 978-3-7494-4050-4

Inhalt

Vorwort

Fiete war auf dem Weg zum Kontor der Reederei Richard Schröder an der Alster in Hamburg. Auf dem letzten Dampfer, der *PAUL SCHRÖDER*, war ihm das Glück nicht gerade hold gewesen... in Tampa wurde er krankheitshalber abgemustert und nach Deutschland ausgeflogen. Aber nun, zweieinhalb Monate später, war gesundheitlich wieder alles in Ordnung. Fiete war topfit. Und er hatte Glück, denn im Hause der Reederei Schröder wurden gerade Leute gesucht. Ein Mannschaftswechsel auf der *CLARITA SCHRÖDER* stand an.

Allerdings musste er sich dafür schnellstens mit der Bahn nach Marseille begeben.

Datenblatt: MS.CLARITA SCHRÖDER

Eigner:	Reederei Richard Schröder Hamburg
Bereederung:	Reederei Schröder
Unterscheidungssignal:	DAON
Heimathafen:	Hamburg
Länge:	115,01 Meter
Breite:	16,46 Meter
Tiefgang:	8,93 / 7,00 Meter

Tonnage Volldecker
GRT:
NRT:
Tdw:

Tonnage Freidecker

GRT:	**5.024 t**
NRT:	**3.264 t**
tdw:	**7.190 tdw**

Cont. Stellplätze

Hauptmotor:	2 Viertakt – Zehnzylinder - Motoren über Getriebe mit zusammen 4.200 Pse, gebaut von MAN Augsburg
Geschwindigkeit:	**15 Knoten**
Bauwerft:	Orenstein & Koppel und, Lübecker Maschinenbau Gesellschaft, Lübeck, Bau Nr. 546

Stappellauf:	11.03.1959
Indienststellung:	1959
Charter Namen:	als CLARITA 1978 an die Fiddel Shipping Ltd. Limassol (Cyp)
Verbleib:	1979 an die National Daring Cia Nav. SA. Piräus, Griechenland 1979 Mgr. Gold Marine Co. Ltd. 1980 an die National Daring Shipping Co. SA. Piräus, Griechenland 1982 an die Eri Blue Shipping Co. Ltd. Valetta (MLT)umbenannt in »Luzon«. 22.09.1982 an Gadani Beach / Pakistan zum Abbruch.

Erste Reise

MS.»CLARITA SCHRÖDER«

Madagaskar

Anmustern, Küstenreise

Im Laufe des 24. Novembers 1972 trudelte Fiete in **Marseille, 45° 17'54. 65« N / 05° 22'07. 44« O**, ein und begab sich unverzüglich an Bord seines neuen Arbeitsplatzes, der ***Clarita Schröder.***

An Bord wurde er sofort zum Funker weitergeleitet, welchem er dann sein Seefahrtsbuch mit inliegendem Heuerschein übergab. Kurz darauf wurde er beim Bootsmann vorstellig, der ihn zum Achterschiff führte, um ihm seine neue Kammer zu zeigen.

Hotel zur Schraube!

Die Einrichtung der Kammer war wie auf anderen Dampfern, auf denen er sich in seiner bisherigen Laufbahn bewegt hatte, zweckmäßig und ohne überflüssiges Beiwerk. Er richtete sich ein und nach einer Weile ging er, nun bekleidet mit seinen Arbeitsklamotten, an Deck, wo er auch schon vom Bootsmann erwartet wurde.

Der Bootsmann war von kleinem Wuchs, hatte eine ordentliche Wampe, ein rundes Gesicht, eingerahmt von einem schon etwas angegrauten Haarschopf. Seine Augen blinzelten ab und an mal, ansonsten blickten sie gelassen in die Welt. Seine Nase war wie eine Knolle, die immer rötlich leuchtete und von blauroten Äderchen durchzogen war. Ein gutes Zeichen dafür, dass er sobald sich die Gelegenheit bot, einem guten Tropfen nicht abgeneigt war, wie sich später noch herausstellen sollte.

Er spuckte nie ins Glas.

»So, mein Junge«, begann der Bootsmann einleitend: »wie du wohl schon mitbekommen hast, Lade- und Löschbetrieb, volle Lotte!

Du gehst mit Paul, seines Zeichens auch Matrose, zu Luke eins und deckst mit ihm den Unterraum auf. Paul weiß Bescheid und wird dich richtig einweisen. Nur zu deiner Info: Wir sind für einen Franzmann in Charter und haben eine lange Küstenreise hier auf dem Kontinent vor uns. Wir klappern also sehr viele französische Häfen ab, rauf und wieder runter. Außerdem wird während der Küstenreise fast die komplette Crew gechincht. Ihr habt heute erst den Anfang gemacht. Und denk dran, wenn du hier gut *mitspielst,* kannst du ordentlich Überstunden reißen. Das sollte dann überhaupt kein Problem darstellen.«

»Gut Bootsmann, alles klar!«, war die kurz gehaltene Antwort von Fiete.

*Fiete in voller Montur auf dem Achterdeck der **Clarita Schröder** 1973*

»Okay, denn zisch man ab zu Luke eins. Paul kannst du sofort erkennen, er ist etwas kräftig und hat einen schwarzen Wuschelkopp. Er sieht aus wie ein Kümmeltürke.«

Fiete klemmte sich eine Zigarette zwischen die Lippen, zündete sie an und meinte nur lakonisch »Okay«, wobei er sich anschickte nach Luke eins zu gehen.

Was hätte er dem Bootsmann auch sonst erwidern sollen.

Und tatsächlich bestätigte sich die Aussage des Bootsmannes sogleich, als Fiete bei Luke eins eintraf.

Paul war kräftig an der Hüfte, aber nicht zu sehr, hatte einen leicht olivfarbenen Teint und pechschwarze Zotteln auf dem Kopf. Ansonsten wirkte er auf Fiete vom Aussehen her total normal.

»Hallo«, begrüßte Fiete Paul recht freundlich und dieser grüßte ebenso zurück.

»Na, was bist du, der erste neue Decksmann oder Matrose vom Bestatzungswechsel?«

»Ich bin Fiete, Matrose. Ich höre immer und überall Besatzungswechsel? Was ist hier denn los? Kann mich mal jemand aufklären?«

Fiete blickte Paul mit großen, fragenden Augen an.

»Das erzähle ich dir später, lass uns man jetzt die Zwischendecks-Pontons an Deck hieven. Du gehst mit Ulli ins Zwischendeck und schlägst die Pontons an. Ulli, unser letzter Leichtmatrose, geht auch, er hat nur noch ein paar Tage.«

Paul wies auf einen total verlottert wirkenden, schlaksigen, jungen Mann neben sich.

»Wir schnacken später und lass dich von Ulli nicht so vollsülzen, er hat sowieso keinen richtigen Bock mehr.«

»So ab in die Luke und schlagt die Ponton-Deckel vernünftig an, ich lande sie an Deck. Alles klar?«

Dabei drehte er sich um und gab dem Kranfahrer auf dem Kai-Kran ein Handzeichen und der setzte den Kran in Bewegung, schwenkte seinen Ausleger in die Lukenmitte der Luke eins. Der Hahnepot hing bereits am Kranhaken und senkte sich allmählich in die Luke.

Fiete und Ulli warteten bereits im Zwischendeck und schlugen den ersten hölzernen Pontondeckel an. Zügig hievte der Kran Pontondeckel für Pontondeckel aus dem Zwischendeck und nach nicht allzu langer Zeit waren der Lukenschacht des Unterraumes bar seiner Abdeckung und die dort lagernde Ladung bereit zum Löschen.

Die französischen Schauerleute standen bereits abwartend an der Lukenkimming, als Fiete und Ulli wieder das Hauptdeck betraten.

Paul gab ihnen einen Wink:»Kommt wir gehen nach Achtern und machen eine Smoke. In einer Stunde ist sowieso Ausscheiden.«

Fragend blickte er Fiete an:»Was ist mit dir? Heute Abend an Land? Gibt echt geile Weiber hier.«

»Nee, nee, lass man stecken. Erstens sind mir hier einfach zu viele abgehalfterte Fremdenlegionäre und zweitens habe ich auch keine Mücken, bin einfach blank. Muss erstmal ein paar Überstunden kloppen, damit ich endlich wieder etwas flüssig bin. Die Küstenreise dauert ja noch.«

»Okay, ist schon richtig, von nichts kommt nichts!«

Die Docker arbeiteten in mehreren Schichten, ergo auch die ganze Nacht durch. Sollten sie es schaffen während ihrer Schicht den Unterraum komplett zu löschen, dann würde auch sofort wieder für Tamatave, den letzten Löschhafen auf Madagaskar zugeladen.

Die Ladung stand schon bereit.

Im Verlauf des nächsten Vormittages sollte die **Clarita** bereits wieder auslaufen. Den nächsten Hafen den sie anlaufen sollten war **Dünkirchen. 51° 17'54. 65« N / 05° 22'07. 44« O**

›*Die kleine Reise durch die Biskaya und den englischen Kanal wird wohl schon eine Woche in Anspruch nehmen. Während sich die Küstenreise fortsetzt,* könnten *wir ja schon mal die Unterräume aufklaren.*‹, waren die Gedanken die durch Fietes Gehirn wanderten.

In Dünkirchen sollte dann volles Rohr geladen werden, allerdings lagerten noch Teile der Ladung in Lagerschuppen von Rouen sowie Bordeaux.

›*Hoffentlich sind bis Bordeaux auch alle fehlenden, neuen Leute an Bord. Aber nicht mein Problem.*‹

Fiete trieb die Neugier einfach um.

»Sag mal, weshalb hauen hier denn eigentlich so viele Leute ab?«, tief sog Fiete den Rauch seiner Zigarette ein und blickte fragend zu Paul hinüber.

»Menschenskinder, etliche Crewmitglieder sind schon eine recht lange Zeit an Bord, darunter sind natürlich auch einige, die jetzt ihr Schröder-Jahr absolviert haben. Dichter als im Augenblick kommen wir nicht an Hamburg heran. Das hier ist nun die beste Chance für die Jungs um abzumustern.«

»Was ist denn überhaupt ein ›Schröder-Jahr‹? Oder was muss ich darunter verstehen?«

»Weißt du das tatsächlich nicht? Ach so, du bist ja kein Reederei-Fahrer. Okay, ein ›Schröder-Jahr‹ will heißen, du bist 18 Monate durchgehend an Bord und da wir in dieser Zeit durch die ganze Weltgeschichte gegurkt sind, dabei allerdings eine sehr gute Zeit und Häfen hatten, bietet sich hier an der Küste nun die beste Gelegenheit abzumustern.«

»Mannomann, 18 Monate an Bord, das ist aber ein ganz schön langer Törn.«

Fiete blickte Paul beinahe ehrfurchtsvoll an.

»Aber ganz geile Reisen, mein Freund, das schwöre ich dir nackend in die Hand. Da verrinnt die Zeit beinahe unmerklich.«

»Na, da lasse ich mich ja mal überraschen, was uns auf unseren Reisen alles erwartet.«

Urplötzlich wechselte er das Thema: »Hier an der Küste bei den Franzmänner hätte ich an und für sich mit besserem Wetter gerechnet«, dabei blickte er mit Sorgenfalten auf der Stirn zum dunklen, wolkenverhangenen Himmel.

»Und saukalt ist es auch noch.«

»Na, nun lass man, Hauptsache ist doch, dass es dabei nicht auch noch regnet! Okay, dann lasst uns man in die Messe gehen und essen.«

Auf dem Weg nach Achtern kam ihnen der Bootsmann entgegen und augenblicklich sprach er die beiden an.

»Paul, du machst jetzt ja Ausscheiden?«

Paul nickte zustimmend.

»Fiete, was ist mit dir? Du bist ja richtig ausgeruht«, meinte er, zwinkerte irgendwie kumpelhaft: »Du könntest ja mit Deckswache gehen, bis Mitternacht?«

»Ja, geht klar, überhaupt kein Problem.«

»Gut, dann geh man in die Messe zum Essen und danach meldest du dich bei der Nachtwache an der Gangway.«

»Okay!«

Das Abendessen war sehr schmackhaft, aber recht flott erledigt und danach begab Fiete sich zur Gangway, um sich zur Nachtwache zu gesellen. Es gab allerdings nicht sehr viel zu tun in der Zeit bis Mitternacht, nur hier und da mal den Schauerleuten zur Hand gehen. Und so zogen sich die Stunden hin. Fiete war um Mitternacht heilfroh, abgelöst zu werden, um dann unverzüglich seine Koje aufzusuchen.

Am nächsten Tag im Verlauf des Vormittages hieß es »Klar Vorn und Achtern« und die **Clarita** verließ, seeklar, Marseille, um vorerst einmal die freie See zu erreichen, weiter durch das beinahe winterlich, unruhige Mittelmeer zu pflügen, mit Kurs auf die Straße von Gibraltar.

Nachdem die **Clarita Schröder** Gibraltar passiert hatte und in dem Nordatlantik auf westlichen, später auf nördlichen Kurs ging, wurde die See doch etwas unruhig.

Aus West blies der Wind hier nun schon mit sechs bis sieben Beaufort und er ließ den Dampfer ordentlich rollen. Dieser Teil der Küstenreise sollte so circa neun Tage in Anspruch nehmen.

Da die **Clarita** nur zu einem Teil angeladen war, als Ballastschiff aber weit aus dem Wasser herausragte, wurden einige Tagelöhner und Wachgänger zum Lukenreinigen eingeteilt. Die zweite Hälfte der Leute wurde zum Reinigen aller beweglichen Teile an den Lukendeckeln beordert.

Es war zwar saukalt und ein kräftiger Wind fegte über das Deck, aber glücklicherweise war es verhältnismäßig trocken.

Etwas Salzwasserspray hing ja immer in der Luft, damit lebten die Jungs vom Deck. Die Arbeiten gestalteten sich als gut machbar und so kamen die Jungs gut voran und bis Dünkirchen waren die beweglichen Teile aller Luken gut im Fett und alles wieder gangbar.

Am späten Nachmittag eines weiteren grauen Tages Anfang Dezember liefen sie dann **Dünkirchen 51° 02'38. 91« N / 02° 21'15. 75« O** an.

Nach einer kurzen Revierfahrt machten sie an der Stückgutpier, in der Nähe der Route du Quai de Saint-Pol, fest.

Fiete fühlte sich auf der *Clarita* recht wohl, hatte sich gut eingelebt und war nun auch fester Wachgänger der 08:00/12:00 Wache.

In der Mannschaftsmesse trieb Klaus, der Messbüdel, sein Unwesen. Ein unkomplizierter junger Mann aus Hamburg mit etwas längerem, strähnigen Haar, Brille und losem Mundwerk, aber Fiete verstand sich auf Anhieb mit ihm. Was auch die komplette Zeit auf der *Clarita* anhielt.

In Dünkirchen kamen dann auch weitere neue Besatzungsmitglieder an Bord. Klaus, E-Assi, Manfred, Ing.-Assi, Norbert, Decksmann und der Bäcker-Kochsmaat Michael. Nun konnte man sich endlich wieder ein paar Namen merken, denn Fiete ging davon aus, dass die ›Neuen‹ auch eine gewisse Zeit an Bord blieben.

Die Küstenreise war natürlich weiterhin hektisch, ein ewiges Auf und Zu der Luken war dem winterlichen Wetter geschuldet. Denn die Kartonage, die bereits geladen war, durfte auf keinen Fall nass werden.

In Dünkirchen waren dann aber auch die letzten Stückgüter gelöscht und die Deckscrew konnte sich voll auf die Verladearbeiten konzentrieren. Einige der Jungs waren immer in den Luken im Einsatz, um die verschiedenen Partien für die verschiedenen anstehenden Löschhäfen zu markieren und separieren.

Von Dünkirchen ging es weiter nach **Rouen, 49° 26'49.91« N / 01° 03'21. 75« O,** an der Seine.

In Rouen stiegen weitere neue Leute ein und die, die Fiete nun schon kennengelernt hatte von der alten Crew, die verschwanden allmählich.

Der neue Koch, Jürgen und ein Leichtmatrose, Uwe vervollständigten die Crew. Die Kombüse hatte komplett neue Leute. Somit konnte sich das ja nur positiv auf das Wohlergehen an Bord auswirken.

Weiter ging die, unter Spannung verlaufende, Küstenreise.

Nach Ladeende in Rouen und Auslaufen wurde auf der Seine seeklar gemacht. Denn nun ging es wieder durch den englischen Kanal, danach nach Süden, hinein in die Biskaya, zum letzten Ladehafen in Frankreich, nach **Bordeaux**. **44° 50'31. 33 N / 00° 33'58. 92 W**

Obwohl Bordeaux der letzte Ladehafen war, lag die *Clarita* schon gut im Wasser, sehr viel Freibord war da nicht mehr. Es wurden noch einige der 20-Fuß-Container an Deck geladen, da die *Clarita* noch keine Vorrichtungen für die Container Ladung hatte, weder in den Luken noch an Deck. Deshalb wurde also eine doppelte Lage Stauholz an Deck platziert, sodass die Containerfüße genau auf dem Stauholz abgesetzt werden konnten.

Das Stauholz unterbindet, unter Druck auf Stahl die Rutschgefahr. Der Laschgang der Franzmänner erledigte die restlichen Lascharbeiten, damit die Container bei Seegang nicht zu wandern begannen.

In Bordeaux kamen noch die letzten neuen Leute an Bord und am 20. Dezember war die Crew endlich komplett. Fiete war nun schon fast einen Monat an Bord, als sein Dampfer am 22. Dezember voll abgeladen, endlich den Hafen von Bordeaux verließ mit Kurs auf Südafrika.

Endlich war die Küstenreise Geschichte. Die Reise ging nach Tamatave ... Das Ziel stand fest, Madagaskar, im indischen Ozean. Die voraussichtliche Dauer der Ausreise nach Madagaskar sollte 30 Tage Seetörn betragen. Die Seewachen waren eingeteilt und besetzt, somit war alles im grünen Bereich. Ruhig zog die *Clarita* ihre Bahn und durchpflügte das Wasser des Atlantiks mit südlichem Kurs.

In zwei Tagen war Heiligabend. Fietes erstes Weihnachten auf der *Clarita Schröder!*

Madagaskar Reise – Bordeaux / Tamatave

Der erste Seetag, wie konnte es anders sein, begann natürlich damit, klar Schiff zu machen: Farbewaschen an sämtlichen Aufbauten, Mittschiffs und Achtern.

Fiete klingen heute noch die Worte des Bootsmannes in den Ohren, so als wäre es gestern gewesen, sein Spruch vor versammelter Deckscrew in der Mannschaftsmesse lautete: »Und Jungs, bedenkt mir eins! Unser Dampfer ist im besten Alter für ein Schiff und die Arbeit wird uns sicherlich nicht ausgehen!«

Wie immer er das auch gemeint haben mochte, er sollte Recht behalten.

Nachdem sie allesamt die Messe verlassen hatten, sprach Paul Fiete an.

»Komm mit, wir machen Mittschiffs die Aufbauten, der Scheich hat die Anderen für die Back und das Hauptdeck eingeteilt. Ist für dich auch besser wegen deiner Wache, falls der »Piepstengler«, der Zweite Offizier, Herr K. dich doch mal braucht. Norbert und Uwe sind auch noch bei uns. Lass uns man auch gleich zwei Pützen mit Kaustik-Soda (Natriumhydroxid) anmischen zur Reinigung des Holzdecks.«

Zügig war alles vorbereitet, ein Frischwasserschlauch für die weiß gestrichenen Aufbauten, etwas Scheuermittel gegen die Roststreifen, die sich unter den Scharnieren der Schotten zeigten. Natürlich gehörten ein paar Schwabber und Lappen auch dazu.

Zwischenzeitlich waren auch schon alle Herkulestampen, an denen die Schietbrooken, seit dem Auslaufen aus Bordeaux Außenbords hingen, gekappt und der lästige Inhalt: Holzreste, Fegsel, Dreck, Abfälle und Sonstiges mehr, was sich so im Laufe der Küstenreise nach den Reinigungsarbeiten angehäuft hatte, war bereit im grauen Wasser des Atlantiks zu versinken.

Das Meer war gnädig. Das Wetter war im Moment ganz brauchbar, es herrschte fast kein Wind, der Himmel war bedeckt und es war immer noch ziemlich frisch.

Und dann ging es los, irgendwie freuten sich alle wieder unter sich und endlich auf See zu sein: alles geregelt, Wache gehen, zutörnen, Überstunden kloppen… endlich wieder richtig Geld verdienen.

Das Farbewaschen ging den Vieren ganz flott von der Hand. Der Schmutz und Staub der europäischen Seehäfen verschwand peu à peu. Unter den Scharnieren der Schotten hatten sich deftige Roststreifen gebildet, die auch entfernt werden mussten, denn die Küstenreise hatte sich doch ziemlich in die Länge gezogen.

Irgendwann meinte Norbert: »So, Jungs, ab geht's, Smoke-Time!«

In der Messe angekommen war nichts von Messbüdel Klaus zu sehen. Nichts war aufgebackt. Also holten sie sich selbst den Kaffee und die Muggen aus der Pantry und setzten sich an ihre Back.

Plötzlich erschien Klaus, etwas außer Atem mit einem leicht geröteten Gesicht. Seine langen Haare hingen wirr an seinem Kopf herab und der Blick durch seine Brille wirkte etwas unstet.

»Hast du dir wenigstens deine kleinen Wichsgriffel gewaschen?«, rief Paul quer durch die Messe und Klaus errötete augenblicklich bis in die Haarspitzen. Er wirkte scheinbar ertappt.

Fiete blickte Paul über die Back hinweg fragend an.

»Tja Fiete, musst du wissen, unser Klaus ist immer etwas notgeil und zieht öfter mal am Bändsel!«

Paul grinste nur verschmitzt. Fietes Blick ruhte weiterhin irritiert auf Paul.

»Du meinst, er geht los und schüttelt sich einen?«

Fietes Blick war immer noch total ungläubig.

»Wat bist du blauäugig, natürlich, der Bengel schüttelt sich jeden Tag bestimmt ein-, zweimal sein Ding.«

Und beinahe schon ernsthaft entrüstet schaute Norbert Fiete an: »Hast du das etwa noch nicht mitbekommen?«

Dann fuhr er ganz relaxt fort: »Ganz alte Geschichte, er muss nur aufpassen, dass er keine Blasen an den Händen bekommt!«

Nun begannen natürlich alle herzhaft zu lachen, Klaus hatte sich derweil in seine Pantry verzogen.

An der Nachbarback saß der blonde, hochaufgeschossene Jungzimmermann Jochen und zog sich schon mal ein Bier rein. Norbert warf nur einen kurzen Blick hinüber, während er etwas abfällig meinte: »Er kann es einfach nicht lassen, ist schon wieder bei der ersten Smoke am Saufen!«

Paul nickte zustimmend, sagte aber etwas nachdenklich: »Lass ihn doch, ist doch nicht dein Problem. Los, Attacke, hoch die morschen Knochen, es geht weiter.«

Und damit war die Smoke-Time auch beendet.

Paul, Norbert, Fiete und Uwe waren den ganzen Tag über intensiv mit Farbewaschen beschäftigt und hatten beim Ausscheiden zwei Drittel der Aufbauten gereinigt.

Der Scheich hatte zwischenzeitlich auch mal vorbeigeschaut, genickt und war sofort wieder verschwunden.

»Hast du das mitbekommen?«

Norbert sah Fiete an: »Dass er etwas rumeiert und 'ne Fahne hat? Das ist mir schon öfter aufgefallen.

Vielleicht hat er Probleme. Er sieht ja nun auch nicht gerade wie ein Adonis aus. Okay, damit muss er selbst klar kommen.«

Damit war das Thema vorerst abgehakt.

Nach dem Abendessen saßen alle noch in der Messe beisammen, quatschten über Dies und Das und tranken dabei ein Bier zusammen. Danach seilte Fiete sich ab, ging duschen und machte sich fertig für die 08:00/12:00 Wache. Er hielt noch ein kleines Nickerchen auf der Backskiste und dann ging es für ihn auf die Brücke: Wachablösung.

Der Zweite Offizier, Fietes Wachoffizier, Herr K. war bereits auf der Brücke und hatte seine Wache übernommen, ebenfalls verweilten der Kapitän und der Erste Offizier noch im Ruderhaus. Alle begrüßten sich freundlich und nach kurzem Wortwechsel verabschiedeten sich der Kapitän und der Erste mit einem: »Gute Wache!«

Der Wachtörn war ruhig und Fiete hing seinen Gedanken nach, betrachtete die Sterne und natürlich das Seegebiet vor ihnen, um im Zweifelsfall entgegenkommende oder querlaufende Schiffe sofort zu melden. Aber es war einfach nichts los und so weckte er pünktlich die nachfolgende Wache und begab sich kurz nach Mitternacht in seine Koje.

Am nächsten Morgen wurden die Reinigungsarbeiten von Paul, Norbert, Uwe und Fiete mit Erfolg im Mitschiffsbereich fortgesetzt und nachmittags, so gegen 05:00 Uhr waren sie fertig und dann stand das Ausscheiden an.

Sonnabend auf See, nachmittags, allgemeine Kammerstunde!

Die Tagelöhner genehmigten sich schon mal das eine oder andere Bier beim Reparieren ihrer Klamotten oder dem gründlichen Reinigen der Kammer.

Die Kammerstunde war immer ganz locker und die Stimmung meistens prächtig.

Die Sonne hatte auch schon mal versuchsweise durch die immer noch dicke Wolkendecke gelugt, dort wo der Wind die Wolken aufgerissen hatte.

Und die Temperaturen stiegen stetig, langsam wurde es wärmer.

Am nächsten Tag, Sonntag, war Heiligabend.

Achterkante Mittschiffs hatte die Deckscrew bereits eine große Persenning über die beiden gesicherten Ladebäume der Luke drei gespannt und die Lukendeckel mit einigen Tischen und Bänken bestückt. Ein herrlicher Platz zum Feiern oder Relaxen.

Die Luke drei war zur Partyzone umgestaltet worden!

Am Sonntag, dem Heiligabend, war bis Mittag Zutörnen angesagt.

Fiete war mit Uwe auf der Back und sie versuchten, am Ankergeschirr den Rost zu entfernen.

*Achterkante Aufbauten, über den Ladebäumen der Luke drei
kann man gut die Persenning erkennen.*

Roststecken, Rostschutz auftragen: das war der Auftrag.

Es wollte kein gescheites Gespräch aufkommen, jeder verrichtete stoisch seine Arbeit und hing dabei seinen Gedanken nach.

Ab Mittag war das Zutörnen beendet, auf dem Schiff herrschte absolute Ruhe. Jeder stimmte sich ein klein wenig auf Heiligabend ein.

Sonntagabend 06:00 Uhr, sie schrieben den 24.Dezember 1972.

Der Dampfer befand sich Heiligabend auf der Höhe von Porto.

Kein Weihnachtsbaum schmückte den Vormast und die voll abgeladene **Clarita** durchpflügte den Atlantik immer noch auf südlichem Kurs.

Alle saßen irgendwie erwartungsvoll in sehr ordentlichen sauberen Klamotten in ihrer Messe. Einer der Seelords hatte seinen Tangodiesel aufgestellt und von dort her erklang leise, beinahe zaghaft, Weihnachtsmusik. Und dann tischte Klaus auf, die Augen der Jungs wurden immer größer. Es duftete mit einem Mal nach Gänsebraten, Rotkraut und dicker, brauner Soße.

Klaus gab sich die größte Mühe mit den Vorbereitungen und wurde dabei tatkräftig von Uwe unterstützt.

Da hatte der Smut sich aber nicht lumpen lassen und zur Ehre des Tages ein richtiges Festmahl auf die Beine gestellt.

Und die Jungs hauten ordentlich rein, denn das war das Beste, was sie seit langer Zeit vorgesetzt bekommen hatten. Da hatte der Koch mal so richtig gezaubert.

Die Stimmung war ausgezeichnet.

Nach dem Essen waren alle Besatzungsmitglieder nach Mittschiffs in den Salon eingeladen. Der Kapitän hatte einige warme Worte gesagt und nun hockten alle zusammen, lachten, scherzten, machten dumme Witze, um das komische aufkommende Weihnachtsgefühl zu überspielen.

Fiete saß in einer kleinen Runde, zu der auch der Erste Offizier gehörte und er staunte nicht schlecht, manche Seelords diskutierten mit dem Ersten und einige, sonst nicht mal angedachte Fragen, kamen hier auf den Tisch.

Der Alkohol floss reichlich, aber Fiete hielt sich zurück, obwohl Uwe ihm angeboten hatte, seine Wache zu übernehmen.

Kurz vor 08:00 Uhr erhob er sich, sagte Tschüss und begab sich in Richtung Niedergänge, um heute mal ausnahmsweise von innerhalb der Aufbauten die Brücke zu erreichen.

Dabei sah er noch aus dem Augenwinkel, wie ein Mittschiffssteward Rotz und Wasser heulte. Hatte wohl einen Moralischen, der arme Junge, kriegte sich kaum wieder ein.

Tja, so war das nun mal, entweder hatte er zu viel Alkohol, oder einen Moralischen oder beides zusammen! Das war auch einer der Gründe, warum Fiete lieber auf Wache ging.

Hell leuchteten in dieser Nacht die Sterne am Firmament und es schien, als wüssten sie um welchen Tag es sich handelte. Weihnachten war vorbei und alles ging wieder seinen ganz normalen Gang.

Die kleinen Ausrutscher einiger Maaten, dass sie Heiligabend einen Moralischen hatten, war längst Geschichte. Nun war erst einmal wieder Zutörnen angesagt.

Die Lukendeckel, Wetterschutz, hießen hier auf der *Clarita* Laudan-Steel-Cover. Ein fast identisches Prinzip wie McGregor-Luken.

Da dem Bootsmann die Überarbeitung auf der Küstenreise nicht so recht zugesagt hatte, wollte er nun noch einmal eine gründlichere Überholung als zuvor. Norbert, Fiete und der Decksmann Kalle begaben sich nach Luke eins, um dort zu beginnen.

Sie mussten alle beweglichen Teile von den Lukendeckeln abbauen, fetten und gegebenenfalls ergänzen. Sollten die Achsen auf denen die Räder saßen Rost vorweisen, mussten sie eingeschliffen werden. Danach mussten sie wieder angebaut werden. Schnellverschlüsse wurden nachgezogen und alle eisernen Lukenkeile überprüft, zwecks fehlender Spannfedern.

Sobald das alles erledigt war, sollten die Roststellen an den Luken abgesteckt werden, um danach im nächsten Arbeitsgang Mennige und dann den Endanstrich aufzubringen. Der Endanstrich der Luken sollte dann in grau erfolgen.

Kalle, der Decksmann fuhr schon so um und bei vier Jahre zur See und war richtig auf Zack.

Nachdem sich die Drei ihr Werkzeug und die nötigen Materialien aus dem Kabelgatt geholt hatten, legten sie los.

Die See war ruhig und der einzige Wind war der Fahrtwind. Es herrschten nun schon fast tropische Temperaturen und es war klar, dass die Jungs in kurzer Hose und einem dünnen, kurzärmeligen Arbeitshemd an Deck arbeiteten. Daher war es auch kein Problem, die Lukendeckel aufzubocken.

Die Führungsrollen konnten so, gut gereinigt und auf Verschleiß überprüft werden, um sie dann gegebenenfalls auszutauschen.

Und da Klaus ein recht unterhaltsamer Typ war, begann er auch sofort, Einen zum Besten zu geben.

»Sagt mal Fiete und Norbert, ihr seid ja auch schon gut rumgekommen in der Weltgeschichte, oder?«

Er wartete erst gar keine Antwort ab, sondern fuhr fort.

»Könnt ihr euch an die eine Hafenkneipe in Fortaleza…?«, es folgte eine nachdenkliche, kurze Pause: »oder war es in Puerto Limón? Na, egal! Da war jedenfalls eine kleine Latina, super Figur und was soll ich euch sagen… sie hatte zwei total unterschiedliche Brüste!«

Fiete und Norbert sahen kurz von ihrer Arbeit auf.

»Und, was ist? Titten haben die Hühner doch alle, manche mehr manche weniger!«

»Jaaa«, meinte Kalle dann: »aber nicht solche, wie die kleine Latina, die größere, rechte Brust war in Apfelform und die linke kleinere in Birnenform.«

»Donnerwetter, hört sich aber doch so an, als hättest du Obsttag gehabt!«

Norbert und Fiete prusteten laut los vor Lachen.

»Kalle, du hast doch nicht mehr alle Latten am Zaun, das hast du dir doch hundertprozentig aus den Fingern gesogen. So ein Mädel habe ich noch nie gesehen.«

Dann wurde Fiete wieder etwas ruhiger, nachdenklich: »Aber wenn ich es mir so recht überlege, ich glaube, davon schon mal gehört zu haben.

Aber die Muschi miaute in Port of Spain.«

»Mmh, naja«, grübelnd kratzte sich Kalle mit seinen dreckigen Fingern im Nacken: »Gut möglich. Na, man kann ja auch nicht immer alles genau behalten. Auf alle Fälle sah sie nackend schon etwas gewöhnungsbedürftig aus, oben herum.«

»Und?«, wollte Norbert nun wissen: »Wie war sie denn in der Koje? Ging denn da wenigstens die Post ab?«

»Ja, das muss der Neid ihr lassen, sie war ein richtig kleines Schwein in der Koje. Hat nichts ausgelassen. Und dann …«

»Gut, gut«, fiel ihm Fiete, schon etwas ungeduldig, ins Wort: »da hätte ich aber auch noch einen! Wir lagen in Port of Spain mit der ›Paul Schröder‹. Das war meine erste Reise als Matrose, abends sind alle Mann an Land gezogen. In das Klamottenviertel rein und in die erst beste Hafenkneipe, dann waren sie da: Die Dockschwalben umschwirrten uns wie die Fliegen den Mist.

Ich kann euch sagen, alles Ölaugen, Indien in Reinkultur. Ich glaube, in diesem Leben werde ich keine Inderin mehr poppen, nicht mal wenn Notstand herrschen sollte.

Also, zuerst einmal Kohle abdrücken, im Voraus. Und dann lag die Muschi in der Koje wie ein Brett. Null Bewegungsablauf, die war zu faul zum Poppen oder zu blöd. Ich weiß es nicht mehr. Das Einzige was in dieser Situation noch gefehlt hätte, das sie dabei eine Zeitung gelesen hätte, während ich mich abmühe, um eine Nummer mit ihr zu schieben. Dann hätte sie nur noch sagen müssen: *›Junge mach hin, draußen wartet schon der Nächste!‹*

Und ich gebe euch hier heute eine Empfehlung.

Jungs, geht nicht mit einer Inderin in die Koje, es bringt absolut nichts und es ist nur hinausgeworfenes Geld. Echt, nur zum Abgewöhnen.«

Die Tage vergingen wie im Fluge, und dann war Silvester - Silvester 1972 auf See, weitab von den Küsten Westafrikas.

Am Silvesterabend gegen 06:00 Uhr befand sich die **Clarita** auf der Höhe von Banjul/Gambia. Die Deckscrew war schon leicht angebräunt. Das war kein Wunder, jeden Tag bestes Wetter, Temperaturen um Mitte der 20er Grade, blauer, wolkenloser Himmel und genauso blau war das Wasser des Atlantiks.

Fiete hatte mittlerweile schon seinen ersten Sonnenbrand hinter sich sowie einige andere Decksbauern auch, nur nicht der Zimmermann. Der lief herum mit Panamahut, langer Arbeitshose und einem leichten, langärmeligen Oberhemd.

Sein Leitspruch war seit ewigen Zeiten: »Ich bin ein Weißer und das bleibe ich auch. Wenn Gott gewollt hätte, dass ich eine braune Hautfarbe erhalte, dann hätte er mich als Kaffer das Licht der Welt erblicken lassen.«

Fiete hatte sich für Silvester von seiner Wache befreien lassen, was gut geklappt hatte. Er wollte am Abend mit seinen Kumpels und Kollegen so richtig Silvester feiern.

Die Partyzone auf Luke drei war schon hergerichtet. Einige der Jungs hatten das schon während der Kammerstunde erledigt.

Die *Clarita* durchpflügte weiterhin kontinuierlich die blauen Fluten des Atlantiks mit Kurs nach Süden, Seemeile um Seemeile Madagaskar entgegen.

Der Silvesterabend kam mit aller Gewalt. Die Stimmung war grandios und das Partydeck, sprich Luke drei, vollauf mit Besatzungsmitgliedern gefüllt.

Jürgen, der Smut hatte mit Michael, dem Bäcker-Kochsmaat ein kaltes Buffet gezaubert, wonach man sich alle zehn Finger lecken konnte.

Der Tangodiesel, Weltempfänger, lief auf volle Lotte und ein Hit nach dem anderen dröhnte über die Luke, füllte das Partyzelt mit seinen Klängen.

Just in diesem Moment gab die Band Middle of the Road mit »Chirpy, Chirpy, Cheep, Cheep«, ihren Einstand und ein Teil der leicht angeschickerten Crewmitglieder grölte den Text, mehr oder weniger textsicher. Andere strebten eine Unterhaltung an, obwohl es bei diesem Lärmpegel schon schwierig war, sich zu unterhalten. Der Alkohol floss reichlich und um Mitternacht, um das neue Jahr zu begrüßen, waren dann doch nicht mehr alle in der Lage, ihr Glas zu erheben.

Fiete wusste nicht, wann er in die Koje gefallen war. Als er am 01. Januar morgens zum Frühstück, er musste danach ja auf Wache, geweckt wurde, ging es ihm nicht allzu gut. Er sah in den Spiegel und erschrak sich, angesichts des dort erscheinenden Abbildes, leicht.

Er hatte eine Glatze! Sein Kopf war sauber rasiert.

Er hatte von je her sehr lichtes Haupthaar, aber nun war da nichts mehr. Er hatte auch keinerlei Erinnerung, wie es dazu gekommen war. Seine Gedanken kreisten um die letzte Nacht.

›Verdammt, wieso habe ich eine Glatze? Ich kann mich einfach nicht erinnern, was da vorgefallen ist.

Ein Glück, dass heute nicht zugetörnt wird, bei meinem Schädel hätte ich da wohl eine Auszeit gebraucht.‹

Fietes Schädel dröhnte und er trank noch schnell zwei aufgelöste Alka-Seltzer und begab sich danach auf die Brücke.

Murmelnd begrüßte er seinen Wach-Offizier und erhielt auch nur einen mühsamen Gruß zurück. Was folgte war Schweigen.

Fiete nahm sich ein Fernglas und ging in die Steuerbordnock, um sich wenigstens kurz zu informieren, was um sie herum so vor sich ging. Er sah weit und breit Nichts, außer vier Strich an Steuerbord, wo er einen Mitläufer ausmachen konnte.

Das Wetter war weiterhin herrlich, angenehme Temperaturen und Sonnenschein.

Mit der Arbeit, Wache gehen, zutörnen und mal 'ne kleine Party, verging die Zeit wie im Fluge und schon war die **Clarita** am Kap der guten Hoffnung. Der Tafelberg kam in Sicht und mit dieser Aussicht umrundeten sie das Kap.Die Südspitze Afrikas war erreicht, der größte Teil der Ausreise geschafft.

Nun waren es nur noch acht Tage bis Mananjary, auf Madagaskar. Die Order hatte sich unterwegs geändert, weil in Tamatave leichte Tumulte und Unruhen ausgebrochen waren: Studentenunruhen!

So sollte die **Clarita** erstmal in Mananjary auf Reede vor Anker gehen und schon mal eine Partie Sackgut ablöschen. Danach sollten sie weiter nach St. Denis auf La Réunion laufen.

Sobald sich in Tamatave alles wieder einigermaßen beruhigt hatte und ein geregelter Tagesablauf garantiert werden konnte, dann sollten sie wieder von St. Denis nach Madagaskar zurückkehren, in den Haupthafen, Tamatave.

Nach einer harten Nacht erst einmal ausspannen. Im Vordergrund liegt Paul,
dahinter Fiete, mit frisch rasierter Glatze.

Einige Tage später lag der 30-tägige Seetörn hinter ihnen. Alle waren
froh, nachdem der Zimmermann der **Clarita** endlich den Anker, auf der
Mananjary-Reede, 21° 13'57. 23« S / 48° 21'12. 16« O geworfen hatte.

Der Anker hielt und der aufgeholte Ankerball signalisierte den anderen
Schiffen, dass die **Clarita** nun ein Ankerlieger auf der Mananjary Reede
war.

Das Schiff bewegte sich gemächlich in der starken Schwell, die vor Ma-
najary stand und zerrte recht ordentlich an der Ankerkette. Aber der
Anker hielt.

Die langgezogenen Wellen hatten eine beträchtliche Höhe, zum Teil
bis zu drei Metern.

Sofort nachdem der Anker gefallen war und hielt, begaben sich sämtliche Besatzungsmitglieder der Deckscrew an Deck und machten die Luken zwei und drei löschklar.

Die beiden Luken wurden geöffnet, nachdem das Geschirr gestellt war. In den oberen Zwischendecks der jeweiligen Luken lag das Mehl, das Sackgut, welches in Mananjary abgelöscht werden sollte.

Die beiden Luken waren schnell und ordentlich löschklar gemacht worden und man konnte von Bord aus schon kleine Schlepper mit einigen Schuten im Schlepp auf ihren Dampfer zusteuern sehen.

Die Schlepper und Schuten tanzten auf den Wellen wie Bälle hin und her. Das bot Zeit genug, für die Deckscrew noch einen kleinen Verholer zu machen.

»Die Schleppverbände sind aber langsam, die Schlepper haben wohl nicht so richtig Power!«, meinte Uwe.

Paul zuckte nur gelangweilt mit den Schultern, so als wollte er sagen: ›Mir doch egal.‹

In diesem Augenblick gesellte sich der Smut Jürgen zu ihnen an die Schanzung und kippte seine volle Fullbrass über die Kante, direkt in das fast klare Meerwasser der Reede.

Im Nu tummelten sich ein, zwei, drei Sharks längsseits der **Clarita** und versuchten, noch einige fressbare Happen zu ergattern.

Fiete wollte sich gerade zu dem Schauspiel äußern, da tauchte der schlaksige Juzi auf. Natürlich und wie konnte es anders sein, er war schon wieder angenockt.

»Hallo Jungs«, begann er und seine Zunge schien schon schwer im Mund zu liegen: »was schätzt ihr, wie weit ist das wohl bis zum Strand?«

»Na, so round about 2-3 Kilometer!«

Meldete sich nun Uwe, der Leichtmatrose zu Wort. Der Kopf des Juzi zuckte hoch, sein Blick wurde etwas klarer.

»Was, weiter ist das nicht?«

Man sah es richtig in ihm arbeiten.

»Ich mache mit euch eine Wette um 'ne Kiste Holsten!«

Paul, Uwe, Fiete, Norbert und alle anderen die Achterkante Aufbauten an der Schanzung standen, horchten auf und nickten dann zustimmend.

Fiete blickte grübelnd zum Jung-Zimmermann: ›Verdammt, ich habe nun schon viele gefragt, um was ich in der Silvesternacht gewettet habe, *alle grinsen nur, aber keiner rückt mit der Sprache heraus. Wartet nur ab Jungs, ich komme euch noch auf die Schliche.*‹ Indessen fuhr er sich mit der Rechten gedankenversunken über den stoppeligen Kopf.

»Und, um was wettest du denn eigentlich?«

»Ich schwimme von hier an Land und lasse mich dann von der Landverbindung wieder an Bord bringen.«

Ein feistes, siegessicheres Grinsen machte sich in seinem Gesicht breit.

Plötzlich setzte ein lautstarkes Gemurmel ein.

Fiete sah ihn an, unterstützt von Pauls deutlichen Zeichen.

»Bist du eigentlich nur noch beknackt oder hast du schon den Rest deines Gehirns versoffen? Hast du überhaupt schon mal nach Außenbord gesehen und festgestellt, wie viele Sharks hier so ganz locker um unseren Dampfer herumschwimmen? Der Smutje hat gerade seine Fullbrass entleert und ein kleiner Schwarm hat den ganzen Gammel verschlungen! Ich meine, wenn du lebensmüde bist, mach es, ich für meine Person ziehe jedenfalls meine Beteiligung an der Wette zurück.«

Da tönte plötzlich die Stimme des Zimmermanns durch die Gangbord und übertönte das komplette Volksgemurmel.

»Los, Blondie, auf geht's, wir haben zu tun und schlag dir bloß diesen Müll mit der Wette aus dem Kopf. Du wärst noch nicht einmal richtig im Wasser, dann hätte Kuddel Shark schon einen deiner Füße als Vorspeise weggeknabbert. Also los jetzt und hör endlich auf mit deiner ewigen Sauferei, das Zeug bekommt dir sowieso nicht.«

Daraufhin begaben sich beide, Seite an Seite zum Vorschiff. Der Juzi wirkte irgendwie bedröppelt.

Und dann stand plötzlich der Bootsmann mitten unter seinen Mannen.

»Okay, Leute, die Schleppzüge sind gleich hier, verteilt euch an Deck, damit ihr die Schuten gleich ordentlich festmachen könnt. Nun macht mal hin, der Erste ist schon etwas angepisst über eure ewig langen Smoke-Times.«

Augenblicklich stoben die Decksbauer auseinander und hatten sich in Windeseile aufgeteilt, für Luke zwei und Luke drei, um dort unverzüglich die Festmacherleinen der längsseits gehenden Schuten anzunehmen. Die

Schuten waren schnell vertäut, die Tampen auf Klampen und Poller belegt, bei der Schwell selbstverständlich mit allerhand Lose in den Leinen, damit diese auch weiterhin gut im Wasser lagen.

Der Außenbordladebaum stand nun genau mittig Schute, damit die Schauerleute beim Landen der Hieve immer in der Mitte der Schute landen und die Säcke aus der Hieve nach vorn und hinten verteilen konnten.

Etliche madagassische Hafenarbeiter kamen flott über die Gangway an Bord. Die Windenleute begaben sich sogleich auf das Windendeck zu den Kontrollern der Winden, der Rest verschwand in den beiden Luken.

Man sah auch sofort, wo man war: Als Erstes besorgten sich die Windenleute etwas Stauholz und bauten sich davon eine Sitzgelegenheit hinter dem Kontroller. Dann begann der Löschbetrieb.

Die erste Hieve Mehlsäcke ging Außenbords und senkte sich sehr schnell in die Schute, hatten alle Zuschauer gedacht, aber nicht mit dem Windenmann gerechnet. Er gab einfach zu viel Lose auf den Beiholer-Runner und schon versenkte er die Hieve neben der Schute an Luke zwei im Indischen Ozean.

Die erste Hieve war getauft. Nachdem er wieder gehievt hatte, setzte er sie tropfnass in der Schute ab.

Alle Maaten hatten gespannt auf die erste Hieve geschaut und es entfuhr ihnen bei der Taufe ein mehrstimmiges: »Na, Super.«

»Seht ihr!«, sagte Paul nur dazu und sah seine Macker an: »So einfach ist das! Treffer versenkt!«

Dabei grinste er richtig schadenfroh.

Nun ging die nächste Hieve nach Außenbords, der Decksmann dirigierte den Winschmann durch seine Handzeichen und urplötzlich knallte es fürchterlich in der Schute. Augenblicklich waren alle Mann wieder an der Schanzung und machten lange Hälse, blickten voller Neugier auf die Schuten herab.

Von der Schute und den dort arbeitenden Schauerleuten war nicht mehr viel zu sehen. Wo vorher die Schute lag, hing nun eine undurchsichtige, riesige, weiße Wolke.

Der neue Winschmann hatte sich voll auf die Anweisungen seines Decksmannes verlassen und als er Fieren zeigte, da fierte er die Hieve volle Brosche. Merkwürdigerweise hatte niemand auf die Schwell geachtet, im Augenblick des Fierens wurde die Schute um bis zu 2,5 Meter angehoben und die Mehlhieve schlug ungebremst auf den Schutenboden auf, wie eine Bombe und ein großer Teil der Mehlsäcke platzten augenblicklich auseinander und die aufsteigende Mehlwolken hüllten alles in ein unschuldiges Weiß.

»Meine Fresse«, Uwe grinste freudestrahlend übers ganze Gesicht: »was ist das denn für ein Punker? Hat der denn noch nie eine Winde gefahren? Wenn das so weiter geht, kann es hier ja noch ganz lustig werden.«

Paul drehte sich um, blickte ihn strafend an: »Nun halt mal den Ball flach. Oder möchtest du Klugscheißer mal an den Kontroller? Wenn ja, dann spreche ich gern mit dem Vormann!«

Kleinlaut und etwas peinlich berührt schlich Uwe von dannen.

Trotz Uwes Pessimismus und der großen Skepsis seiner Kollegen wurden die Hafenarbeiter Hieve um Hieve besser und anderthalb Tage später war das komplette Sackgut gelöscht.

Dann hieß es nur noch Anker auf und die *Clarita* war bereits unterwegs zum nächsten Hafen, **St. Denis, 20° 52'29. 17« S / 55° 26"04. 82« W** auf der Insel La Réunion, ein französisches Übersee-Department im indischen Ozean.

Die Entfernung von Mananjary bis St. Denis betrug nur eine gute Tagesreise und am späten Sonnabendnachmittag traf die *Clarita* dort ein und die Deckscrew sowie einige Ölaugen, nebst Juzi waren schon ganz bös angeschickert. Die Schuld daran trug die Kammerstunde, die Verlockung eines oder mehrerer eisgekühlter Biere und zu guter Letzt das hier herrschende Wetter.

Es war schwülwarm, mit sehr hoher Luftfeuchtigkeit und 33 Grad im Schatten. Der Schweiß rann in Strömen.

Die Kammerstunde nahm natürlich keiner mehr in Anspruch.

Die Seewache war wie immer ganz normal besetzt. Auf dem Achterdeck hatten die Tagelöhner und Freiwachen der Decks- und Maschinencrew eine Badewanne, gefüllt mit Eiswasser, aufgestellt und darin schwammen nur braune Bierflachen, der Inhalt aus drei Kisten. Und sie tranken an diesem Tage, zu diesem Zeitpunkt nicht mehr, sie soffen!

Aber so wie sie ihr Bier tranken, so schwitzten sie es auch sofort wieder aus.

Der eine oder andere Trunkenbold schüttete sich sogar schon mal das kalte Bier über seinen Kopf, nur um etwas Abkühlung zu erlangen. Allerdings klebte der Stoff nach seiner Trocknung fürchterlich.

Zu der nachmittäglichen Smoke-Time hieß es dann: In einer halben Stunde klar, Vorn und Achtern! Damit wurde die Kammerstunden-Party abrupt beendet.

Das Gro der Feiernden, zumindest die der Deckscrew, begaben sich unverzüglich unter die Dusche, um beim Festmachen wenigstens einigermaßen den Überblick zu behalten.

Kurz vor Ausscheiden lag die **Clarita,** ›UNFALLFREI!‹, in St. Denis sicher vertäut und längsseits der Kaianlage.

»Und nun?«

Paul sah Fiete und Norbert fragend an, sein Blick war nicht wirklich klar.

»Jetzt gehen wir alle nochmal unter die Dusche, danach vernünftige Klamotten an, dann in die Messe essen. Der Bootsmann hat verlauten lassen, dass das Geschirr auch morgen geriggt werden kann, weil vor Montagmorgen hier keiner zum Löschen aufschlägt. Also los, duschen, Norweger-Smoking an und ab geht die Luzie!«

Okay, alles klar! So wurde es gemacht.

Dann war es soweit, sie hatten sich am Fuß der Gangway gesammelt und alle erschienen in Nietenhosen, Norweger-Smoking und Badelatschen. Und so trabten sie allesamt erwartungsvoll los.

Nach einer geraumen Weile erspähten sie eine kleine Bar, ein kurzer Blick der Verständigung genügte und alle handelten nach ein und demselben Motto.

Nur für uns.

Und hinein.

Die Französisch sprechende Bardame schaute etwas pikiert, als die sechs deutschen Seeleute Paul, Fiete, Uwe, Klaus, der Messbüdel, Norbert und Michel, mehr oder weniger lärmend auf den Barhockern am Tresen Platz nahmen.

Selbstverständlich hatte sie sofort bemerkt, dass einige der Jungs schon ganz gut angefüttert waren.

Nach der Bestellung der Sechs war ihre Antwort an und für sich nicht verwunderlich.

»Il n'existe aucun d'alcool pour vous!«

Ihr Gesichtsausdruck wirkte so abweisend, dass auch der letzte von den Jungs verstanden hatte, was sie meinte. Ohne Rücksicht auf die anderen Anwesenden in der Bar begann Paul plötzlich, lauthals zu singen.

»Bier her, Bier her, oder ich fall um!«

Norbert und Michael fielen in den lauten, rhythmischen Sing-Sang mit ein und dann brüllten plötzlich alle sechs die acht Worte, dabei langten sie geschlossen über die Tresenabdeckung und griffen zu. Dann fügten sie ihrem Gebrüll noch ein ebenso lautes ›Hau Ruck!‹ hinzu, hierzu wiederum rissen alle am Tresen, der sofort in seinen anscheinend stabilen Grundfesten erschüttert wurde.

Bei jedem weiteren ›Hau Ruck!‹ lockerte sich der komplette Tresen ein klein Wenig mehr.

Plötzlich fiel den wilden Jungs auf, dass die Bardame einen Telefonhörer am Ohr hielt und hektisch in die Muschel sprach. Von weiter Ferne her konnte man undeutlich eine Polizeisirene vernehmen.

Da sprang Norbert wie von einer Tarantel gestochen auf.

»Raus hier, schnell, alle raus! Die Alte hat das Überfallkommando gerufen!«

Als hätte der Blitz zwischen ihnen eingeschlagen, so eilig stoben sie auseinander und verließen im Tiefflug die Bar.

Zunächst wieder auf der Straße, es war mittlerweile stockdunkel, verschwanden die Seelords blitzschnell, trotz ihres vorher genossenen

Alkohols, in die Schlagschatten und Nischen der verschiedenen Häuser. Auf ein Handzeichen von Michael und Norbert flüchteten sie dann weiter in eine unbeleuchtete Seitenstraße, da die Sirenen des herannahenden Polizeifahrzeugs bereits eine beträchtliche Lautstärke angenommen hatte, was von einem baldigen Eintreffen der Polizei ausgehen ließ.

Reifen quietschten und dann erstarben plötzlich die Sirenen.

Totenstille.

Das war das Zeichen für die sechs Seeleute, um sich zu trennen und dann, jeder für sich, unter größter Vorsicht an Bord der *Clarita* zurückzukehren.

Alle sechs trafen dann auch etwas später, in unregelmäßigen Abständen, an Bord der *Clarita* ein. Die Nachtwache war schon leicht erstaunt, die sechs, zum Teil außer Atem, so früh zurück an Bord zu sehen.

»Sollte dich jemand fragen«, Fiete blickte der Nachtwache, seinem Kollegen tief und ernst in die Augen: »ob wir an Land sind oder waren: No! Wir waren den ganzen Abend in meiner Kammer und haben gefeiert! Comprende?!«

»Ja, ist schon klar. Hoffentlich habt ihr an Land nicht zu viel Scheiße verzapft!«

Kurz darauf fanden sich alle in Fietes Kammer ein und tranken noch ein Bier. Aber gute Stimmung wollte nicht mehr so recht aufkommen, also gingen alle in ihre Kojen und legten sich schlafen.

Sehr spät am Abend fuhr mit langsamer Geschwindigkeit ein Polizeiauto an der Kai entlang, glitt an der *Clarita* vorüber ohne zu stoppen.

Am nächsten Morgen erschienen alle ziemlich relaxt in der Mannschaftsmesse und nach einem reichhaltigen Frühstück ging die Decksgang an Deck, um das Ladegeschirr zu riggen.

Am Montagmorgen waren die Schauerleute pünktlich zur Stelle, um die Ladung für St. Denis zu löschen. Allerdings hatte das Schiff nicht wirklich viel Ladung für die französischen Inseln, welche hier nun zügig gelöscht wurde.

Nach Beendigung der Löscharbeiten wurde sofort seeklar gemacht und dann ging es zurück nach Madagaskar, aber nun nach Tamatave, den Haupthafen des Landes.

Angeblich waren die Unruhen beendet und alle kleineren Unstimmigkeiten der Studenten beigelegt.

Tamatave, Teil I

Einlaufen Tamatave, der Hafenlotse kommt an Bord.

Als der Hafenlotse an Bord kam, war wirklich sicher, dass die *Clarita* und ihre Crew in **Tamatave, 18° 09'11. 16« S / 49° 25'32. 50« O** einlaufen konnten.

Sie wurden in den alten Hafen gelotst, wo die Kaianlage noch zur Stadtseite lag. Außerdem war hier drinnen die Schwell auch nicht mehr so stark zu spüren.

Sie machten mit der Backbordseite ihres Schiffs fest. Fiete stand an der Achterspring, während die *Clarita* noch auf ganz langsam achteraus lief.

Plötzlich war ein Törn der Festmacherleine auf dem Poller übergelaufen und beklemmte sich. Fiete versuchte verzweifelt den Törn noch irgendwie zu lösen, aber der Zug auf die Leine war einfach zu stark.

Die Festmacherleine hatte 40 Prozent Reck!

Dann rief Fiete, nein, er schrie förmlich: »Bootsmann, lass sofort den Dampfer stoppen, die Spring hat sich beklemmt und bricht gleich! Sie singt schon!«

Just in diesem Augenblick warf er sich zu Boden, in die Gangbord, hinter den Poller. Gerade rechtzeitig denn genau in diesem Moment gab es einen lautstarken Knall und das Ende der gebrochenen Festmacherleine schlug mit brachialer Gewalt, einen Meter über ihm gegen die hinteren Aufbauten.

Er rappelte sich auf, leichenblass unter seiner Tropenbräune und fluchte wie ein Rohrspatz.

»Verdammte Scheiße nochmal, konnten die nicht schneller umsteuern in der Maschine? Hast du das überhaupt durchgegeben?«

Der Bootsmann starrte Fiete wütend an und begann zu brüllen.

»Bist du eigentlich nicht ganz dicht? Wie kann sich die Leine beklemmen? Hast du gepennt oder bist du etwa besoffen?«

Was der Bootsmann allerdings nicht wissen konnte war, Fiete hatte seit zwei Tagen nicht ein einziges Bier getrunken, geschweige denn, andere alkoholische Getränke zu sich genommen. Im Moment war ihm einfach nicht danach, er benötigte mal eine Auszeit, obwohl er sonst ja nicht ins Glas spuckte.

Fiete blickte den Bootsmann total entgeistert an, er war stocknüchtern, der Einzige der hier immer und ewig einen im Tee hatte, war er selbst, der Bootsmann.

Fiete war außer sich.

»Du Arsch tickst doch wohl nicht mehr ganz sauber. Ich glaube, du hast nicht mehr alle Nadeln an der Tanne!«

Und dann wandte er sich abrupt Norbert zu.

»Norbert, los hoch auf die Poop und steck mir die Reserveleine herunter.«

Während er erneut die Schmeißleine zu den Festmachern hinüberwarf, um dann die Reserveleine als Achterspring einzusetzen, war die *Clarita* zum Stehen gekommen.

Noch ein giftiger Blick zum Bootsmann: »Das was du vorhin geäußert hast, darüber sprechen wir noch. Nach dem Festmachen, ganz allein!«

Der Bootsmann blickte zur Seite, bediente in aller Ruhe den Kontroller, um über das Spill die Lose der Achterleinen einzuholen.

Der Bootsmann hievte die Leinen tight, die *Clarita* lag in der vorgegebenen Position an der Kai.

Die Leine war abgestoppt auf dem Poller belegt, das Schiff war fest. Dann war auch die zweite Achterleine an Land. Das gleiche Spiel noch einmal, die Leine wurde auf dem Poller belegt.

Und dann gab der Bootsmann über die Wechselsprechanlage sein »Achtern alles Fest!« zur Brücke. Da sprang Fiete über den Wooling der unaufgeschossenen Leinen und baute sich direkt vor ihm auf.

»So«, schoss es aus Fiete heraus: »was wolltest du von mir?«

Der Atem des Bootsmannes schlug ihm entgegen, er stank aus dem Hals wie eine alte Whiskey-Destille.

»Glaubst du etwa ich mache das extra, weil ich lebensüberdrüssig bin? Glaubst du das? Du bist ein alter, fetter Suffkopp und meinst, du musst dein Elend auf andere abwälzen?! Aber nicht mit mir! Meinetwegen können wir gleich gemeinsam zum Alten traben, dann kannst du ihm ja gleich die Sachlage darlegen. Sobald er deine Whiskeyfahne riecht, wird er höchstwahrscheinlich umkippen.«

»Na, na, nun hör aber auf.« winkte der Bootsmann ab und blieb ganz ruhig: »War doch alles nicht so gemeint, entstand doch nur im Eifer des Gefechts. Es ist die Hektik, die uns noch allesamt kaputt macht. Zum Alten müssen wir nicht, dazu besteht kein Grund, dass mit der Leine klär ich später mit dem Ersten.«

Fiete blickte immer noch wutschnaubend in das aufgedunsene Gesicht des Bootsmannes, dann begann er ganz leise zu sprechen, so dass nur der Scheich ihn verstehen konnte.

»Solltest du mich noch einmal so von der Seite her anplomben, dann haue ich dir auf die Fresse, darauf kannst du dich verlassen! Oder meinst du etwa ich habe Angst vor dir? Wenn du das denkst, dann hast du dich aber bös getäuscht.«

Ohne eine Antwort abzuwarten drehte Fiete sich um und half Norbert dabei, die lose herumliegenden Festmacherleinen aufzuschießen.

Plötzlich sagte Norbert: »Achtung! Hinter dir!«

Fiete drehte sich blitzschnell um 180 Grad und da stand der Bootsmann direkt vor ihm, beinahe Nase an Nase mit ihm. Er machte aber keinerlei Anstalten, Fiete anzugreifen, was dieser zuerst vermutet hatte, sondern er grinste nur hinterhältig.

»Sobald ihr die Leinen aufgeschossen habt, geht ihr mit an Deck und helft den anderen Jungs beim Löschklar machen und das Geschirr stellen. Danach könnt ihr beiden Schlaumeier euch Werkzeug aus dem Kabelgatt holen, um dann die gebrochene Leine zu spleißen. Viel Spaß dabei. Sobald ihr die Leine gespleißt habt, möchte ich mir das gern ansehen. Comprende?«

Daraufhin wandte er sich um und stapfte Richtung Hauptdeck davon im Seemannsgang oder war der wiegende Gang seinem regelmäßigen Alkoholgenuss zu zuschreiben?

Die **Clarita** lag an der Pier und machte geringfügige Bewegungen, eben so viel wie die Festmacherleinen es zuließen.

Als endlich alle Bäume gestellt waren, holten Fiete und Norbert das nötige Werkzeug aus dem Kabelgatt, um die Leine zu spleißen.

Fiete konnte sich immer noch nicht beruhigen: »Wenn der Scheich meint, er könnte mir einen geigen, da hat er sich aber bös in den Finger geschnitten.«

Dann begannen sie, die Leine abzubinden, damit sie sich nur so weit öffnen konnte, wie sie wollten. Danach betakelten sie alle einzelnen Kardeele. Nachdem die Vorarbeiten abgeschlossen waren, nahm Norbert sich einen mittelgroßen Fit, damit öffnete er die geflochtene Kunststoffleine, indem er sie förmlich durchbohrte, immer darauf bedacht zwischen den Kardeelen sauber durchzukommen und steckte die beiden ersten Kardeele zusammen hindurch.

Danach lief alles wie geschmiert und bei der Arbeit entwickelte sich ein angeregter Dialog.

»Und«, meinte Norbert: »wie sieht es mit dir aus? Heute Abend an Land?«

»Tja, weiß noch nicht, muss erstmal mein Guthaben checken. Allerdings, hier in Tamatave war ja noch keiner von uns und niemand scheint sich auch irgendwie auszukennen.«

»Mensch, Fiete«, hakte Norbert nach: »Versuch macht klug. Wir können doch nach Ausscheiden an Land gehen und mal schauen, was hier in der Town so abgeht!«

»Gut, okay. Wir können ja mal gucken«

Fiete nickte zustimmend: »Vielleicht kommen ja Paul, Uwe und einige der Anderen doch mit an Land. Lass uns mal in Ruhe schnacken.«

»Ja, genau«, kam es von Norbert und seine Antwort strotzte vor Selbstbewusstsein: »da bin ich mir jetzt schon vollkommen sicher, dass die Anderen mit an Land gehen. Nur erst einmal das Terrain sondieren, aber nicht wieder wilde Sau wie in St. Denis.«

»Nee, nee, wenn schon dann lassen wir es heute mal ganz locker angehen. Okay, Norbert, läuft doch besser mit dem Spleiß, als ich gedacht habe. Komm, wir machen einen kurzen Verholer, Smoke-Time.«

Und schon hatte Fiete sich eine Filterlose zwischen die Lippen geklemmt.

Später kamen auch die anderen Mitglieder der Deckscrew nach Achtern. Da waren Fiete und Norbert aber schon mit ihren Spleißarbeiten durch und die Leine lag komplett aufgeschossen oben auf dem Poop-deck.

Alle Bewohner des Achterdecks nahmen gemeinsam ihr Abendessen in der Mannschaftsmesse ein und Norberts Vorschlag stieß auf viele offene Ohren. Die meisten der Jungs gingen hoch zum Funker, um sich etwas Guthaben auszahlen zu lassen. Kurz darauf standen sie Abmarsch bereit in ihren besten Plünnen an der Gangway.

Der Weg in die Stadt, ins sogenannte ›Rotlichtviertel‹, war nicht allzu lang. Das Erste was ihnen dort ins Auge fiel, war ein ziemlich grober Bau mit einer ausladenden Veranda davor. Auf der Veranda waren allerhand hübsche, sehr hübsche und nicht so attraktive Mädels und junge Frauen zu sehen. Aber eins hatten sie alle gemeinsam, sie waren aufgebrezelt, als galt es die Misswahlen zu gewinnen.

Die Landgänger hatten den ersten Drink zu sich genommen und irgend-jemand kam auf die glorreiche Idee, die Bude ›ANMACHE‹ zu taufen. Der Name stand und verlor bis zum Auslaufen nicht an Bedeutung.

Die Jungs hatten nun schon eine beträchtliche Zeit keine Damen mehr in ihrer Nähe, geschweige denn im Arm, gehabt.

Bei manch einem Sailor hatten sich schon auf die eine oder andere Art Entzugserscheinungen bemerkbar gemacht. Von daher war es für die Damen auch nicht sehr schwer, sich jeweils einen der ausgehungerten Seeleute zu angeln.

Da die Lichtverhältnisse nicht so besonders waren, wie so oft, konnten die Jungs die Schönheiten der Nacht auch nicht so wirklich in Augen-schein nehmen, aber das war in diesem Augenblick auch zweitrangig.

Zwischendrin meinte eine der Damen, man könne doch in eine Dan-cing Bar gehen, ein Stück weiter die Straße hoch. Der Vorschlag wurde dankend angenommen und dann zogen sie alle, Arm in Arm mit ihren Auserwählten, in Richtung der Tanzbar.

Und in der Bar ging es rund, frei nach dem Motto: ›Wehe wenn sie losgelassen werden!‹

Fiete war schon gut in Form, hatte schon einige Drinks gekippt und schwebte mit seiner schwarzen Perle über die Tanzfläche. Manche ihrer

Tanzfiguren liefen nicht ganz rund, aber alle fühlten sich sauwohl und die Stimmung war prächtig.

Die Dame, die sich an Fiete herangeschmissen hatte, war etwas kleiner als er, dunkelhäutig und sehr schlank. Der neutrale Betrachter würde sie vermutlich für etwas ›ÄLTER‹ einschätzen, aber das tangierte Fiete in diesem Moment überhaupt nicht.

Und irgendwann, gegen Mitternacht, war er auf einmal mit der kleinen Frau verschwunden.

Am nächsten Morgen, zum Frühstück in der Mannschaftsmesse, die Deckscrew hatte schon seit 06:00 Uhr früh zugetörnt, saßen sie dann alle wieder beisammen, mehr oder minder verkatert.

Das Palaver während des Frühstücks fiel auch dementsprechend aus, etwas ruhiger als sonst. Allerdings wollten scheinbar alle ihre kleinen Techtelmechtel der letzten Nacht preisgeben.

Paul und Norbert brüsteten sich damit, welch heißen Feger sie aufgerissen hatten und wie wild die vergangene Nacht verlaufen war.

»Ich kann euch sagen«, Paul holte tief Luft, um umgehend fortzufahren: »so etwas hat wohl noch keiner von euch erlebt. Meine kleine hat ihre Muschi miauen lassen, da könnt ihr nur von träumen! Unbeschreiblich!«

Plötzlich schien der Bann gebrochen und alle redeten durcheinander bis zu dem Augenblick, in dem Norbert Fiete ansprach.

»Na, und bei dir? Wie war es denn bei dir?«

»Gut, eine schöne Nacht oder was möchtest du hören?«

»Na ja«, Norbert grinste hintergründig: »bei Licht betrachtet war dein Modell ja wirklich nicht mehr so taufrisch.«

Fiete blickte verwundert in die Runde der zustimmend nickenden Köpfe.

»Wie kommst du denn auf das schmale Brett?«

Norbert grinste weiterhin wissend übers ganze Gesicht.

»Du warst ja letzte Nacht ziemlich stramm und konntest bestimmt nicht mehr richtig checken, was du dir da an Land gezogen hattest! Ein Lichtblick ist die Tante aber gewiss nicht. Du solltest dir das Gerät heute Abend mal ganz genau ansehen!«

Fiete blieb ganz ruhig und ließ sich von Norberts Darstellung nicht irritieren.

»Okay, okay. Ich werde die Dame heute Abend noch einmal ganz genau und aus der Nähe betrachten. Und nun raus hier, ihr alten Socken, los an Deck, der Bootsmann kommt schon angelatscht.«

Augenblicklich erhob sich die Decksgang von ihren Sitzgelegenheiten und begab sich an Deck.

Fiete wurde als Raumwache für Luke zwei eingeteilt. Als er sich im Zwischendeck eingerichtet hatte, die arbeitenden Docker immer im Blick, zog er für sich ein kleines Resümee: ›*In Mananjary haben wir auf Reede abgelöscht, ein paar Tonnen Mehl. Nicht der Rede wert. In St. Denis war es ebenso. Wie lange wollen wir hier denn liegen? Ein beinahe volles Schiff löschen, und so wie ich gehört habe, voll Schiff laden? Da muss ich bei Gelegenheit den Ersten anschnacken. Muss mir wohl meine Kohle etwas einteilen, mit 14 Tagen Liegezeit rechne ich, solange werden wir bestimmt hier liegen.*‹

Just in diesem Augenblick sah er, wie einer der kräftigen, dunkelhäutigen Hafenarbeiter eine der zu löschenden Holzkisten öffnen wollte. Fiete stieß einen schrillen Pfiff aus, der Arbeiter blickte ertappt zu ihm hinauf und Fiete bewegte verneinend den Zeigefinger seiner rechten Hand.

Unverzüglich lief der Stauer durch die Luke, kletterte behände wie eine Katze in Windeseile über die Kisten und Kasten, erreichte Fietes Standort und baute sich drohend vor ihm auf.

Fiete blickte ihm unverhohlen in seine braunen Augen und meinte nur lakonisch in Pidgin-Englisch: »Junge, geh wieder an die Arbeit und mach hier keinen auf dicke Hose. Lass deine schwarzen Finger von der Ladung, ansonsten gehst du an Deck und bist deinen Job los!«

Der dunkelhäutige Hafenarbeiter schien das Pidgin-Englisch und die unterstreichende, vielsagende Gestik von Fiete verstanden zu haben, blieb aber noch einen kurzen Augenblick unschlüssig vor Fiete stehen.

In diesem Augenblick packte ihn sein Stauervize von hinten am Arm, riss ihn herum und wies auf die Ladung. Mit fünf, sechs eindringlichen

Worten hatte er ihm wohl nochmals die Sachlage dargelegt, daraufhin war der Hafenarbeiter sofort wieder im Lukenschacht und verschwendete wohl keinen Gedanken mehr an den Inhalt der zu löschenden Kisten und Kasten.

Nachdem Fiete in den Pausen immer von Uwe, dem Leichtmatrosen, abgelöst worden war, neigte sich dieser Arbeitstag dem Ende zu.

In der Mannschaftsmesse waren schon alle gespannt auf den erneuten Landgang, als der Erste Offizier die Messe betrat. Augenblicklich verstummten alle Gespräche. Was konnte den Ersten Offizier nach Achtern verschlagen? Da musste irgendetwas im Busch sein. Alle Anwesenden starrten ihn erwartungsvoll an.

Der Erste hob kurz die Hand und auch das letzte Gemurmel erstarb.

»Guten Abend, schenkt mir einfach einmal ganz kurz eure Aufmerksamkeit, es geht um eine wichtige Info. Da wir in unseren beiden vorherigen Löschhäfen noch nicht allzu viel Tonnage gelöscht haben und nun für Tamatave beinahe noch voll Schiff sind, möchte ich euch mitteilen, dass wir vorraussichtlich 14 Tage hier in Tamatave liegen werden. Nachts und am Wochenende arbeiten die Hafenarbeiter nicht, wodurch sich natürlich der komplette Ablauf verzögert.«

Allgemeines, nicht zu verstehendes Gemurmel machte sich in der Messe breit, woraufhin der Erste noch einmal den Arm hob, um sich erneut Gehör zu verschaffen.

»Damit ihr euch finanziell mit den Damen des horizontalen Gewerbes nicht verausgabt«, ein leichtes Lächeln umspielte seine Lippen: »bietet die Schiffsleitung euch die Möglichkeit zum Zutörnen. Ihr könnt von morgens 06:00 Uhr bis abends 06:00 Uhr arbeiten. Der Funker zahlt alle geleisteten Stunden am Ende der Woche aus. Sollten wir allerdings eine Zyklon-Warnung erhalten, es ist jetzt die Zeit der schweren Stürme in dieser Region, dann sind alle Mann sofort an Bord. Auf Grund der außergewöhnlichen Umstände wird dann auch unverzüglich Seewache gegangen. Haben das alle verstanden?«

Keiner erwiderte irgendetwas, aber alle nickten stumm und verstehend mit dem Kopf.

Nachdem der Erste die Messe verlassen hatte, begannen die Diskussionen. Alles redete durcheinander, kaum einer verstand ein Wort. Irgendwann tippte Fiete Paul an.

»Paul, was meinst du? Bei der Liegezeit könnten wir unsere Hühner ja bald heiraten?«

Obwohl es nur ein Witz sein sollte, so blickten ihn plötzlich alle total entgeistert an.

Als erster fand Norbert seine Worte wieder: »Du hast doch wohl echt einen an der Klatsche, das hier ist doch nicht Brasiland. Du hast die schlimmste Alte und erzählst hier solche Storys! Ich glaube, es hackt. Los, Jungs, wir steamen jetzt an Land, dann kannst du deine Tussi ja mal im Rampenlicht der ›ANMACHE‹ ganz genau betrachten.«

»Okay, hört jetzt auf zu labern, los. Auf geht's!«

Und dann zogen sie wieder an Land, ›IHREN‹ leichten Mädels entgegen.

Als sie nach einiger Zeit bei der ›ANMACHE‹ eintrafen, bot sich ihnen das gleiche Bild wie am Vorabend. Die Mädels und die jungen Damen lümmelten sich auf der Veranda in den Sitzgelegenheiten herum. Nachdem sie die Gruppe der Seeleute auf sich zukommen sahen, sprangen sie auf, zupften noch mal hier und da an ihrer Garderobe und setzten dabei ihr schönstes Lächeln auf.

Paul stieß Fiete leicht den Ellenbogen in die Seite und meinte trocken: »Siehst du, dahinten, ziemlich am Ende der Veranda die kleine Vertrocknete mit dem Mopp auf der Rübe? Das ist deine Auserwählte! Hättest du sie wiedererkannt?«

Fiete schluckte mehrfach bevor er sich äußerte.

»Das kann ja gar nicht angehen, so voll war ich niemals.«

Norbert und Uwe grinsten schadenfroh und es kam wie aus einem Mund.

»Ooooh, doch!«

Genau in diesem Moment schmiegte sich die Kleine an Fiete und er blickte hilflos zu seinen Kollegen hinüber, aber keiner schien es zu bemerken, alle waren mit einem Mal sehr intensiv mit ihren Damen beschäftigt.

›Okay,‹ dachte Fiete so bei sich: ›*dann muss ich wohl oder übel erst einmal in den sauren Apfel beißen.*‹ Er nahm die Kleine in den Arm: ›*Vielleicht ergibt sich ja noch was in der Dancing Bar. Erst mal abwarten.*‹

Glücklich lächelnd zog seine Madame ihn in Richtung Dancing Bar.

Als sie in der Bar ankamen, gab es ohne Umschweife einige Drinks, dann ging es zum Schwofen auf die Tanzfläche und da passierte es dann auch: Einer von Fietes Mackern wollte die Kleine wohl foppen und zupfte ihr aus Jux kurz am Haupthaar. Und dann stand Leichtmatrose Uwe plötzlich total verdattert da. Er hielt den Mottenfiffi von der Kleinen in seiner Rechten.

Fiete war wie zu einer Salzsäule erstarrt und seine bisherige Bettgefährtin begann zu schreien, kreischen und sie riss, immer noch laut fluchend, Uwe ihr künstliches Haupthaar aus der Hand, um dann in Windeseile die Dancing-Bar zu verlassen.

Fiete blickte Uwe zuerst wütend und überrascht an, aber nachdem er sich wieder gefangen hatte, meinte er nur ganz ruhig: »Na, mein Lieber, über diese Großtat solltest du vielleicht noch mal nachdenken und noch eins, meide in den nächsten Tagen meinen Dunstkreis.«

Der Leichtmatrose wurde blass, stammelte noch einige unverständliche Worte und verschwand blitzschnell.

Paul gesellte sich zu Fiete, nahm ihn am Arm und sagte nur: »Komm, lass uns an den Tresen gehen, ich schmeiß einen aufn Markt.«

Als sie ihre Drinks in den Händen hielten, man sah Fiete wohlgemerkt an, wie bedient er war, lud er bei Paul seinen Frust ab: »So ein Arsch, ich mag den Kerl, aber das hätte Uwe ja auch etwas eleganter managen können.«

»Hör auf zu jammern, sei doch froh, jetzt bist du die Uschi los. Hier laufen doch genug Hühner herum, die nur darauf warten abgeschleppt zu werden.«

»Okay, hast ja Recht. Alles gebongt!«

Ein kleines Stück von ihnen entfernt, ebenfalls am Tresen, stand eine junge Mischlingsfrau, nettes Gesicht, dominiert von mandelförmigen Augen. Ihr schönes Gesicht war eingerahmt von langen seidigen schwarzen Haaren.

Das Gesicht strahlte durch ihren schokoladenfarbenen Teint etwas Besonderes aus. Unterstrichen wurde das Gesamtbild von einer wunderschönen, wohlproportionierten Figur. An dieser Frau passte alles zusammen.

Sie hatte die beiden Seeleute schon einige Zeit beobachtet und als Pauls Perle sich an ihn schmiegte, stellte sie sich neben Fiete und flüsterte ihm etwas ins Ohr. Es war mehr ein Säuseln. Er zögerte auch nicht lange und bestellte ihr einen Drink. Anschließend begaben sie sich auf die Tanzfläche und tanzten bis die Musik Pause machte.

Mittlerweile war es kurz nach Mitternacht und die schokobraune Schönheit drängte Fiete zum Aufbruch.

Er ließ sich nicht zweimal bitten, sondern folgte ihr auf dem Fuße, zu einer nicht allzu weit entfernt gelegenen kleinen Hütte. Wie sich herausstellte, lebte sie in der Wellblechhütte ganz allein, was wohl nicht allzu oft vorkam.

Fiete erlebte eine heiße, hingebungsvolle Liebesnacht und morgens um 05:00 Uhr verließ er sein neues Mädel irgendwie geschafft mit dem Versprechen, sie abends vor der ›ANMACHE‹ wieder zu treffen.

Der Tag an Bord verlief unaufgeregt mit ganz normalen seemännischen Arbeiten. Alles, was während eines laufenden Löschbetriebes erledigt werden konnte, ohne das Löschen zu beeinflussen.

In der Mittagspause hatte Fiete es geschafft, sich für eine knappe Stunde auf seiner Backskiste auszustrecken.

Nach dem Ausscheiden begab er sich hastig unter die Dusche, aß schnell und ging dann zügig an Land.

Als er mit seinen Mackern die ›ANMACHE‹ erreichte, bot sich ihnen das gleiche Bild wie am Vorabend. Die Damen waren in Lauerstellung und warteten bereits.

Fietes ›NEUE‹ umarmte ihn sofort, küsste ihn heiß, danach flüsterte sie ihm etwas ins Ohr, woraufhin er freudig und zustimmend nickte.

Der Inhalt ihres Flüsterns war folgender… Nur ein, zwei Drinks, etwas schwofen und dann abdampfen zu ihr, sie hätte eine Überraschung für ihn. Sie verriet ihm aber noch nicht, was es war.

Fiete wurde schon ganz unruhig und seine Phantasie überschlug sich förmlich. ›*Bestimmt plant sie, ein klein wenig Saukram in unsere Liebesspiele einzubauen. Kann mir nur recht sein, ich bin da offen für alles!*‹ Seine Gedanken beruhigten sich allmählich wieder.

Irgendwann, so gegen 10:00 Uhr abends machte Jipa (Jean-Pierre), so hieß die Süße, sich mit Fiete auf den Weg zu ihrer Hütte.

In der Hütte angekommen staunte er nicht schlecht, schlicht gesagt, er war überwältigt. Die Hütte war nicht wieder zu erkennen, bunt, aber geschmackvoll dekoriert, mit allerhand Zierrat versehen. Ganz toll. Und sie hatte schon begonnen ein Essen für sie beide zuzubereiten.

Fiete hoffte wirklich auf ein echt madagassisches Essen.

Leider, so erzählte sie, gäbe es keine typisch madagassischen Speisen, da Madagaskar so multikulti war, Menschen aus aller Herren Länder lebten hier und so waren mittlerweile auch die Gerichte, die zubereitet wurden.

Was sie dann letztendlich auftischte, war wie eine Art Suppe, schmeckte wie eine Minestrone, dazu gab es einen frischen Salat und einige weitere, fremdländische Köstlichkeiten.

Das Essen wurde zu einem Gaumenschmaus, wie Fiete es bisher sehr selten erlebt hatte. So genossen sie das Essen in vollen Zügen und ließen sich alle Zeit der Welt dabei. Und nach fast drei Stunden lagen sie nebeneinander auf ihrer französischen Spielwiese.

Splitterfasernackt!

DESSERT!

Jipa hatte zarte, sehr flinke Finger, die alles erkunden wollten und nichts war ihnen fremd.

Vielleicht war auch etwas in den Speisen, was sie so anstachelte und sie immer wieder miteinander verschmelzen ließ, denn ihre Liebespiele endeten erst in der Morgendämmerung.

Total kaputt schlich Fiete sich an Bord, wo er auf Paul traf.

Der blickte Fiete an und meinte nur trocken: »Na, du siehst ja aus wie ein frisch gevögeltes Eichhörnchen!«

»Ja, danke, so fühl ich mich auch. Ich bin fix und alle. Wie sieht's bei Dir aus? Wollen wir uns einen freien Tag nehmen?«

»Mmmh, tja, könnte ich an und für sich auch mal ganz gut ab. Ja, machen wir, lass mal eben den Bootsmann suchen. Hoffentlich hat er heute nicht so viel auf dem Zettel und gute Laune!«

Schnell war der Scheich gefunden, er saß in der Mannschaftsmesse und trank einen ersten Kaffee.

»Okay, ihr Beiden«, erwiderte der Scheich, nachdem Paul und Fiete ihm ihr Anliegen vorgetragen hatten: »aber es gibt nur diesen einen Tag, ausnahmsweise, wir haben echt viel zu tun. So, dann haut man ab!«

»Gut«, Paul sah Fiete an: »wir gehen jetzt in die Koje und lassen uns zu 10:00 Uhr wecken. Ist das in Ordnung?«

»Alles Roger, bis 10:00 Uhr dann!«

Und dann waren sie auch schon in ihren Kammern verschwunden.

Tamatave, Teil II

Um 10:30 Uhr saßen Fiete und Paul auf der Veranda der ›ANMACHE‹ und genossen gemeinsam ihren ersten Drink am Vormittag.

Es war Markttag, auf der Straße vor ihnen herrschte reges Treiben, auch die eine oder andere ihnen bekannte Dame zog an ihnen vorbei, höchstwahrscheinlich um ihre verbrauchten Bedarfsartikel zu ergänzen.

Zwischen den hin und her wuselnden Madagassen wurden die Riksha-Taxen mit ihren Fahrgästen kraftvoll von Besitzern in die eine oder andere Richtung manövriert, während ihre nackten Fußsohlen ein rhythmisches Klatschen auf der schlecht befestigten Straße erzeugten.

Plötzlich zupfte jemand an Fietes Kurzarmoberhemd. Er blickte sofort zur Seite, um zu sehen wer dort Hand anlegte.

Jipa!

»Hello!«, sagte er grinsend: »Na, ein klein wenig einkaufen?«

Sie nickte zaghaft mit ihrem wohlgeformten Kopf, so als solle niemand bemerken, dass sie sich unterhielten.

Sie machte Fiete ein Handzeichen und er beugte leicht seinen Kopf zu ihr hinüber, während sie schon in sein Ohr flüsterte.

»Wenn du müde bist, kannst du gern in mein Haus gehen und dort ein wenig schlafen, ich komme am späten Nachmittag zurück, besuche noch eine Freundin.«

Sie hauchte ihm noch einen Kuss auf die Wange und verschwand in der Menge.

Fiete blieb etwas verblüfft mit Paul auf der Veranda zurück.

Sie prosteten sich noch etliche Male zu, während sie weiterhin das Treiben um sie herum beobachteten, erzählten sich Storys vom Fahren auf anderen Schiffen und bei anderen Reedereien.

Ehe die Beiden sich versahen, war es fortgeschrittener Nachmittag. Fiete hatte schon leicht einen im Tee und Pauls Blick war auch nicht mehr ganz klar. Er sah Paul an: »Ich hau jetzt ab, leg mich bei meiner Kleinen etwas aufs Ohr.«

»Okay, mach das. Ich gehe jetzt auch an Bord und werde mich für einige Zeit in die Koje hauen, damit ich heute Abend wieder fit bin« meinte Paul nur und fügte noch ein: »Alles klar, wir sehen uns«, an.

Dann erhoben sie sich und jeder schlug seinen eigenen Weg ein.

Kurze Zeit später stand Fiete vor Jipas Hütte, er klopfte gegen die klapprige Tür ihrer Wellblechhütte.

Nichts, kein Laut, keine Regung.

Er klopfte nochmals, zog dann vorsichtig an der Tür, sie war nicht verschlossen. Zurückhaltend betrat er den Raum, der aus Wohn-, Schlaf- und Kocheinheit bestand. Die Hütte war aber komplett leer, niemand anwesend, so wie Jipa es gesagt hatte. Er setzte sich und zündete sich eine Zigarette an, rauchte in tiefen, langen Zügen, genoss seinen Glimmstängel. Danach entkleidete er sich und legte sich aufs Bett. Er hatte seinen Kopf noch nicht ganz auf das weiche Kissen gebettet, da schlief er auch schon tief und fest.

Fiete lag an einem herrlichen Sandstrand unter ausladenden Palmen, die sich leicht im Seewind bewegten. Eine sanfte Brise strich über ihn hinweg und die Brandung trieb flache türkisfarbene Wellen an den Strand, diese verwirbelten leicht den feinen, mitgeführten Sand.

Eine wohlproportionierte, schokofarbene Nixe beugte sich zu ihm herab und fuhr zärtlich durch seinen flauschigen Vollbart, über seine gebräunte Brust, den flachen Bauch. Immer weiter nach Süden, was ihn natürlich stark erregte und im Nu hatte er ein erigiertes Glied.

Er erwachte, blickte sich schlaftrunken um. Alles nur geträumt?

Bei Weitem nicht, neben ihm lag, so wie Gott sie erschaffen hatte, seine Nixe, Jipa!

Zärtlich liebkoste sie mit ihren zarten, feingliedrigen Fingern sein Glied, wobei sie ihn hingebungsvoll anlächelte.

Und dann konnten sie nicht mehr an sich halten und fielen übereinander her. Sie liebten sich voller Hingabe bis ein nicht enden wollender Orgasmus ihren Liebesakt beendete.

Während Fietes Gedanken allmählich wieder in die Normalität zurückkehrten, bemerkte er plötzlich, dass es außerhalb der Hütte sehr dunkel geworden war. Er blickte unruhig auf seine Armbanduhr: ›*Warum verdunkelt sich der Himmel mit einem Mal? Ist doch noch viel zu früh! Kann doch gar nicht sein!*‹

Einen winzigen Augenblick später, sie lagen immer noch total verschwitzt und unverhüllt nebeneinander auf der Liebesliege, da begann es urplötzlich zu regnen, nein, es schüttete wie aus Eimern.

›*Ich glaube, ich habe ein Déjà-vu. Das ist es, wovon ich immer schon geträumt habe, in einer Wellblechhütte zu liegen, neben einem leichten Mädel, nackt, und der Regen prasselt auf das Wellblechdach!*‹

Dann schrie Jipa ihn plötzlich an, weil er nichts checkte, er solle gefälligst aufhören zu träumen. Das Dach über ihnen hatte überall Leckagen und sie versuchte verzweifelt, irgendwelche Behältnisse unter den Leckstellen zu platzieren, was aber nur teilweise gelang.

Die Hütte wirkte nun auf Fiete wie eine Tropfsteinhöhle.

Sie schrie schon wieder: »Es kommen Zyklon! Was du machen?«

Mit weitaufgerissenen Augen blickte sie Fiete an.

»Waas?«, entfuhr es ihm total erschrocken, aber dann war er mit einem Hechtsprung aus dem Bett, die einzige Trockenzone im Raum, und fuhr blitzschnell in seine Klamotten und raus aus der Hütte.

Von der Tür her rief er ihr noch ein: »See you!«, zu und war auch schon weg. Sie rief ihm noch etwas hinterher, aber diese Worte riss ihr der aufkommende Sturm sofort von den Lippen.

Fiete schaffte es gerade noch an Bord, wo bereits all hands auf Hochtouren beim Seeklarmachen waren. Ein Teil der Deckscrew, verstärkt durch Jungs aus dem Fettkeller, waren bereits dabei, zusätzliche Festmacherleinen auszubringen. Fiete lief sofort nach Achtern auf seine Station.

»Wird auch Zeit!«, schrie der Bootsmann durch den stärker werdenden Sturm: »Zieh dich eben um und dann…!«

Fiete winkte nur ab: »Scheiß auf die Klamotten, lass uns sehen, dass wir fertig werden!«

Unverzüglich packte er mit an, um eine weitere Achterleine auszubringen. Dann wurden alle Ladebäume runtergelegt und gesichert, ebenso wurden alle Luken abgesenkt, mit den Schnellverschlüssen gesichert und verkeilt.

Nach gut anderthalb Stunden war alles gebongt und gesichert, alles erledigt, der Dampfer safe!

Alle Mitglieder der Decksgang und die Maschinenleute, alle die Achtern wohnten, trafen sich kurz darauf in der Mannschaftsmesse, nachdem sie sich mit trockenen Arbeitsklamotten versorgt hatten.

Der Scheich schmiss 'ne Kiste Holsten. Dann saßen sie alle zusammen, mit zerzausten Haarschöpfen, etwas derangiert, hielten fest in ihren verdreckten Händen jeder eine kalte, wohlverdiente Flasche Bier.

»Na, Fiete«, Paul konnte sich eines verschmitzten Grinsens nicht erwehren: »deine Landgangs-Klamotten kannst du jetzt wohl in die Tonne treten!«

Fiete war wohl einer der Wenigen, die sich nicht umgezogen hatten und nun blickte er zum ersten Mal an sich herunter. Das Hemd hatte einen deftigen Riss und die kurze Landgangs Hose sah auch nicht mehr ganz neu aus. Alles war voll von Dreck, Rost und Schmiere.

»Macht nichts, Hauptsache wir haben noch alles rechtzeitig seeklar bekommen. Die Klamotten sind mir egal und«, er hob die Hand: »alles ist trotz der Hektik unfallfrei über die Bühne gegangen.«

»Genau der Meinung bin ich auch«, meldete sich nun der Bootsmann zu Wort und hob seine Bierflasche: »Prost Jungs, habt ihr gut gemacht!«

Und alle hoben ihre Flaschen und stießen an.

Die Wachen waren besetzt und für den Fall der Fälle war eine Sicherheitsmannschaft auf stand by. Draußen jaulte und heulte der Zyklon in allen erdenklichen Tönen, riss und rüttelte an Allem, was nicht niet- und nagelfest, war.

»Und, Bootsmann, weißt du denn eigentlich wie lange diese verdammte Kacke anhalten soll?«

Norbert hatte diese Frage in den Raum gestellt und alle blickten gespannt auf den Bootsmann.

»Der Wetterbericht sagt offiziell, ein, zwei, maximal drei Tage!«

»Verfluchter Mist!«, vermeldete Paul.

Dann meldete sich noch einmal der Bootsmann, im Begriff zu gehen: »Die Seewachen und Sicherheitsleute sind klar? Wie bereits besprochen?«

Ohne eine Antwort abzuwarten, verließ er die Mannschaftsmesse, obwohl alle irgendwie geistesabwesend, automatisch nickten.

Um die hinteren Aufbauten, in denen sie sich immer noch aufhielten, heulte der Sturm ohne Unterlass und die damit verbundenen Regenmassen waren unbeschreiblich.

Nach knapp zwei Tagen war der Spuk endlich vorbei. Die *Clarita* hatte den Zyklon ohne größere Schäden überstanden, obwohl man im Hafengebiet schon einige entwurzelte Palmen ausmachen konnte.

So wurde dann auch wieder das Geschirr gerigt, damit die Hafenarbeiter ihre Ladearbeiten auf der *Clarita* ungehindert fortsetzen konnten.

Sie lagen nun schon 14 Tage in Tamatave und ein Ende war noch nicht abzusehen.

Die Unterräume waren schon sehr gut angeladen mit Graphit in Säcken und auch noch einige andere Stückgüter für Antwerpen, den letzten Löschhafen in Europa.

Es herrschte im gesamten Hafengebiet eine seltsame Ruhe, nicht ein einziger Hafenarbeiter der Madagassen ließ sich blicken. Nicht einmal einer, der ansonsten so zahlreich vertretenen Tropenvögel, die immer in den Palmenwedeln hockten, hatten heute Morgen Lust, ein fröhliches Lied zu trällern.

Weit aus der Ferne war nur ein dumpfes Brummen zu vernehmen, dass sich allmählich scheinbar dem Hafengebiet näherte.

Die an Deck arbeitenden Norbert, Klaus, Fiete, Paul und weitere Mitglieder der Deckscrew hoben etwas irritiert, ob des ständig lauter werdenden, nun schon, sehr eindringlichen Geräusches, ihre Köpfe.

Dann erblickten sie die Ursache für den nun noch weiter angestiegenen Lärmpegel. Die Erzeuger dieses lauten, orgelnden Brummtones wurden endlich sichtbar.

Es war ein ewig langer Konvoi von olivfarbenen Zugmaschinen und Trucks.

Sie führten großräumige Auflieger, Anhänger und Tieflader mit sich, beladen mit ebenfalls olivfarben angestrichenen Containern, Gabelstaplern und vielen Kisten und Kasten diverser Größen. Die Kolonne fuhr in einer Linie auf die Kaianlage mit sehr viel Platz zum Schiff.

Pauls Gesicht hatte etwas von seiner sonst so gesunden Gesichtsfarbe eingebüßt und er flüsterte Fiete zu: »Ach du dickes Ei! Jetzt ist mir auch vollkommen klar, warum hier kein Schwein zu sehen ist, das sind die hier im Land stationierten französischen Fremdenlegionäre. Die härtesten Hunde, die es angeblich gibt! Sieh Mal, da kommt der Bootsmann, vielleicht kann er uns ja einen Hinweis geben, was hier heute abgeht.«

Zwischenzeitlich hatte der Konvoi gestoppt. An dessen Ende befanden sich einige Mannschafts- und ein Funkwagen.

Der Funkwagen wurde etwas abseits geparkt und sofort bauten einige der Legionäre eine riesige Funkantenne auf.

Dem Mannschaftswagen entstiegen sehr viele bewaffnete und unbewaffnete Soldaten.

»He, Bootsmann! Kannst du uns vielleicht einmal aufklären, was der Aufmarsch hier zu bedeuten hat?«

Pauls Gesicht war ein einziges Fragezeichen, ebenso blickten die anderen Seeleute drein und versammelten sich um den Bootsmann.

»Das alles sollte euch nicht beunruhigen, die Kerle bringen Ladung für Frankreich, aber sie bewerkstelligen alles allein, ohne Hilfe der Madagassen. Sie haben genügend Spezialisten, Leute die Winde fahren können, Stauer für die Ladung und ausreichend Personal für alle anderen Tätigkeiten. Ihr geht weiter eurer Arbeit nach, aber versucht, mit den Kerlen keinen Kontakt aufzunehmen. Unter Umständen verstehen sie das verkehrt und die Hemmschwelle ist bei ihnen sehr niedrig, glaube ich.«

Alle sahen sich verstehend an, nickten zustimmend und begaben sich wieder an ihre Arbeit, nur geheuer war ihnen die ganze Angelegenheit nicht.

An der Gangway standen derweil der Kapitän, der Erste Offizier, sowie der Piepstengler, der Zweite Offizier. Alle drei voll aufgetakelt, komplett in Uniform und die goldenen Streifen auf den Schulterklappen glänzten matt im hellen Sonnenschein. Sie warteten auf den Kommandierenden der Fremdenlegionäre.

Dann schritten vier, scheinbar gesetzte Offiziere, von der Körpersprache her gut durchtrainierte Herren auf die Schiffsleitung zu. Nach einer kurzen Begrüßung erklommen alle die Gangway und gingen an Bord der *Clarita.*

Nach einer nicht allzu langen Besprechung im Ladebüro hallten plötzlich scharfe Befehle über die Kaianlage und die nicht bewaffneten Legionäre setzten sich in Bewegung, kamen an Bord und verteilten sich auf die verschiedenen Luken.

Die bewaffneten Soldaten hatten sich im Hafengebiet verteilt, postierten sich etwas versteckt, Schattenplätze suchend, sofern welche vorhanden waren.

Am frühen Nachmittag war die letzten Ladungsteile in die Unterräume gehievt worden, nun waren die Unterräume voll.

Nun musste die Deckscrew ran und die Unterräume schließen. Alles lief routinemäßig und wie geschmiert ab: Pontondeckel wurden eingesetzt, gesichert und der Nächste. So ging die Arbeit sehr zügig voran.

Während die Seeleute die Zwischendecks andeckten, lümmelten die, zurzeit zum Nichtstun verurteilten Fremdenlegionäre an Deck herum. So, als könnten sie kein Wässerchen trüben.

Sofort nachdem Norbert, Klaus, Paul, Fiete und die anderen Mitglieder der Deckscrew die Luken verlassen hatten, brummten die Winden auch schon wieder unter Voll-Last. Die Runner knirschten beim Auf- oder Ablaufen von der Windentrommel.

Die Beladung der *Clarita* wurde zügig fortgesetzt. Erst spät am Abend, angestrahlt durch das kalte Licht der Decksbeleuchtung, verließen die letzten Fremdenlegionäre das Schiff. Ihre Ladungsarbeiten waren damit abgeschlossen.

Container und andere sperrige Güter waren bereits als Deckslast an Deck gelandet worden und mussten nun nur noch von den Seeleuten an Deck gelascht werden. In Tamatave gab es keine Laschgang.

Die Fremdenlegionäre allerdings mussten nun noch ihre Ladung, die bereits zuvor gelöscht worden war und auf der Kaianlage lagerte, auf ihre Auflieger, Tieflader, und so weiter verladen.

Gegen Mitternacht war der komplette Spuk vorüber und alle atmeten erleichtert auf. Kein einziges Crewmitglied war an Land gegangen, geschweige denn in die Koje. Alle wollten das Schauspiel bis zum Ende verfolgen. Natürlich gab es dabei auch einige Flaschen eisgekühltes ›Hamburg Water‹

Ab dem nächsten Morgen lief wieder alles normal und die Madagassen beluden weiter die *Clarita,* als der Kapitän die Mannschaftsmesse betrat.

Alle Anwesenden Seelords blickten aufs Äußerste gespannt in seine Richtung. ›*Was will der Alte denn so früh in der Mannschaftsmesse, hier Achtern?*‹

»Guten Morgen, meine Herren«, begann er vollkommen relaxed: »ein weiteres Wochenende in Tamatave bleibt uns nicht erspart und daher möchte ich auf dem Achterdeck eine kleine Party veranstalten.«

Augenblicklich waren alle hellwach und spitzten sofort ihre Ohren.

»Ihr werdet, der Bootsmann bestimmt wer, das Achterdeck etwas herrichten, schmücken, so gut es geht. Allerdings erwarte ich zu dieser Party Gäste, unter anderem einige Herren einer holländischen Firma, die vor der Hafeneinfahrt einen Wellenbrecher errichten. Einige deutsche Gäste, die hier Geschäfte betreiben und natürlich einige Leute aus der Agentur, die für uns arbeiten. Ihr«, und dabei machte er eine weitausholende Bewegung: »könnt alle eure ›Damen‹ mitbringen!«

Augenblicklich begann eine lautstarke Diskussion, die er sofort mit einem eindringlichen Pfiff unterband.

Absolute Ruhe!

»Hört mir genau zu! Sobald aber eine eurer ›Damen‹ oder einer von euch austickt, wird diejenige Person sofort des Achterdecks verwiesen. Das solltet ihr euch vor Augen halten. Die Party beginnt morgen Abend um 07:00 Uhr. Ich wünsche uns allen viel Vergnügen!«

Bei den letzten Worten hatte er sich bereits umgedreht und verließ die Messe.

Danach trat der Bootsmann, der sich bis dahin bewusst im Hintergrund gehalten hatte, an die Back der Landgangsclique. Er begann ohne Umschweife: »Der Jungzimmermann, du Fiete, und Uwe«, wobei er auf den Leichtmatrosen zeigte: »ihr seid mir dafür verantwortlich, dass das Achterdeck morgen Abend wie eine Partymeile aussieht. Allerdings meine ich und das möchte ich hiermit betonen, nicht wie ein Puff auf dem Wasser! Ihr müsst mal rumfragen, ich denke der Blitz hat vielleicht noch irgendwo ein paar bunte Lampenketten und der Chefsteward vielleicht noch ein paar Girlanden. Denkt auch an ein sauberes Achterdeck, keine Schmiere oder so etwas, womit sich einer unserer Gäste die Klamotten versauen könnte. Macht das Beste draus!«

Damit war für ihn die Sache gegessen.

Fiete blickte ihm sinnierend nach.

›Will er mir jetzt eine geigen oder bin ich in seiner Hierarchie wieder gestiegen? Scheißegal, mal schauen, ob alles klappt. Das Beste draus machen! Der hat gut lachen, der Sack!‹

Die drei Angesprochenen verließen gemeinsam die Messe.

Auf dem Achterdeck steckten sie sich erstmal ihre Zigaretten an. Der Juzi betrachtete nachdenklich die Sonnensegellatten über sich.

»Da kann man schon allerhand machen, wenn wir das richtige Material in die Hände bekommen. Na, mal schauen. Ich gehe zum Steward und ihr zum Blitz, okay?«

»Okay«, äußerte sich Fiete fies: »der Steward passt, schließlich bist du ja auch sein bester Kunde!«

Der Juzi grinste auch, mehr aus Verlegenheit, vielleicht war es ihm sogar peinlich, dann begab er sich in Richtung Mittschiffs.

Fiete und Uwe folgten ihm nach Mittschiffs, allerdings gingen sie in den Fettkeller. Im zweiten Maschinengeschoß von oben war die Maschinenwerkstatt, das Reich des Storekeepers und gleich daneben hauste der Blitz. Bevor sie das Kabuff des Blitzes erreichten, räusperte sich Uwe vernehmlich, sodass Fiete sich umdrehte.

»Was ist los, hast du was?«

»Was sollen wir denn mit dem Jungzimmermann, der ist doch sowieso ewig steif!«

»Lass man, wir werden ihm schon einige lichte Momente bescheren.

Wir dürfen den Sack nur nicht auf eine Leiter lassen! Nicht, dass der uns noch einen Abgang macht!«

Zu diesem Zeitpunkt kam der Blitz aus seinem Store, dass sie soeben erreicht hatten.

»Hallo Blitz, wir haben dich schon gesucht!«

»Okay, hier bin ich! Was gibt's Jungs?«

»Wir benötigen Lichterketten oder Irgendetwas das leuchtet, zum schmücken des Achterdecks. Der Alte schmeißt morgen Abend auf dem Achterdeck 'ne Party für Alle.«

»Das ist ja bärenstark! Komm doch mal mit, ich glaube ich habe noch einen Karton mit gesammelten Zeug.«

Er ging zurück in sein Kabuff und einen Augenblick später hatte er ihn schon entdeckt.

»Ich gebe euch noch ein paar farbige Glühlampen mit, falls einige in der Kette defekt sind.«

Fiete und Uwe rafften alles zusammen, all das, was der Blitz ihnen hingestellt hatte. Damit begaben sie sich nach Achtern und lagerten den zerfledderten Karton samt der anderen Utensilien vorerst einmal in der Mannschaftsmesse. Der Juzi hatte auch einige Girlanden beim Steward abgestaubt und erwartete sie bereits.

»Das sieht ja alles recht gut aus«, begann er merkwürdig gelassen: »aber Jungs, ich habe noch eine spitzenmäßige Idee!«

Sein Gesichtsausdruck versprühte reinen Optimismus.

»Ich habe an der Schmalseite der Kai«, dabei wies er mit seiner Rechten in eine unbestimmte Richtung: »eine ganz tolle Palme gesehen!«

Erwartungsvolle Pause. »Und?«

Uwe wirkte ratlos, verstand nicht, worauf er hinauswollte.

»Ich gehe jetzt nach Vorn in die Zimmerhook, hole eine Axt und dann haue ich das Ding um! Was meint ihr? Wir legen die ausladenden Palmenwedel über die Sonnensegellatten, befestigen sie. Dann haben wir die beste Deko. Ein Dach wie auf einer Eingeborenenhütte! Passt doch wunderbar!«

»Geil!«

Uwe hatte schon gerötete Wangen vor Aufregung.

»Ja, auf geht's!«

Schon waren die Drei auf der Gangway, wenig später hatten sie die Palme, ihrer Wahl, erreicht.

»Meine Fresse!«

Fiete blickte am Stamm der super gewachsenen Palme hoch.

»Das ist aber ein ganz schöner Oschi! Seht ihr«, er zeigte nach oben: »Kokosnüsse sind da auch noch dran! Bärenstark!«

Ohne Umschweife schwang der Juzi kraftvoll die scharf geschliffene Axt und es dauerte nicht lange da stürzte die gefällte Palme, mit ihrer ausladenden Palmenwedelkrone und lautem Getöse auf die Kaianlage.

Hochzufrieden wischte sich der Juzi mit seinem Schweißtuch den Schweiß von der Stirn. Ohne lange zu zaudern, trennte er mit kurzen kräftigen Schlägen, die Palmenwedel vom Stamm. Auch die Kokosnüsse hackte er ab.

Mühsam schleppten die Drei ihre Beute über die Kai auf die Höhe der Luke vier.

Der Schweiß rann ihnen in Strömen am Körper herunter. Es war Mittagszeit auf Madagaskar und die Sonne stand beinahe im Zenit.

»Fiete, geh mal an Bord und besorg uns einen Stropp, dann machen wir eine Hieve und du hievst das ganze Gelumpe an Bord!«

»Okay, geht klar. Die Stauer arbeiten heute glücklicherweise nicht in Luke vier. Bis gleich.«

Fiete besorgte sich im Kabelgatt eine Taustropp, warf ihn zu dem Juzi und Uwe an Land, ging aufs Windendeck an die Kontroller und hievte den Ladehaken an die Landseite, nahm die Hieve Palmenwedel auf und landete sie auf dem Hauptdeck neben der Luke.

Uwe sah fragend den Jungzimmermann an.

»Meinst du eigentlich wir können uns mit dieser Aktion Ärger einhandeln? Na, du weißt schon, wegen der Palme!«

Der Juzi grinste etwas schief, aber siegessicher, bevor er antwortete.

»Ach was«, und das mit dem Brustton der Überzeugung: »sieh dich doch nur mal um, wie viele Palmen hier noch herumstehen und wieviel allein vom Zyklon gekillt wurden. Da sehe ich absolut kein Problem!«

»Okay, dein Wort in Gottes Ohr.«

Die Zeit verging, Ausscheiden, Zeit zum Abendessen.

Am frühen Abend ging dann wieder die komplette Gang an Land und informierte ›Ihre Damen‹ des horizontalen Gewerbes über die bevorstehende Party an Bord der **Clarita**. Alle waren hellauf begeistert, schworen Stein und Bein sich ordentlich zu benehmen.

Dann war der Samstagabend gekommen. Das Achterdeck war prachtvoll geschmückt und die ausladenden Palmenwedel über den Sonnensegellatten wirkten tatsächlich wie ein echtes Palmendach.

Nach und nach trafen die Gäste ein und empfingen ihren Willkommenstrunk an der Bar, die der Zimmermann mit seinem Juzi noch auf die Schnelle angefertigt hatte. Auf dem Grill bereitete der Koch bereits die ersten Steaks. Es roch angenehm und die bisherige Stimmung war gut. Im Hintergrund ertönte aus den Lautsprechern des Tangodiesels der Hit des Jahres »Mamy Blue«. Etliche Anwesende wippten rhythmisch mit den Oberkörpern im Takt zur Musik, aber immer darauf bedacht ihren Drink nicht zu verschütten, den sie in den Händen hielten.

Die Stimmung steigerte sich zusehends, einige der ›Mädels‹ tanzten bereits, alle ganz leicht angeschickert, wobei nun der Tangodiesel ›One Way Wind‹, von den Cats orgelte.

Fiete tanzte hauteng mit Jipa, obwohl man es auf dem total beengten Achterdeck kaum tanzen nennen konnte, scheinbar immer auf einem Fleck. Nur die Körper bewegten sich noch, eng umschlungen, im Takt der Musik.

Fiete flüsterte Jipa dabei einige Nettigkeiten ins Ohr und sie gurrte wie Blesshuhn während der Balz.

›So,‹, dachte Fiete bei sich: ›*nun wird es Zeit das wir uns hier abseilen, die Kleine ist spitz wie Nachbars Lumpi und mir geht es nicht anders.*‹

Er teilte ihr flüsternd seinen Entschluss mit und sie nickte nur hintergründig lächelnd. Mit sanfter Gewalt zog er sie aus dem Getümmel zum Niedergang, der Weg unter Deck, der zu seiner Kammer führte.

Auf dem Weg zur Kammer hielt sie ihn plötzlich zurück, umarmte ihn und sie versanken in einen innigen, scheinbar nie mehr enden Wollenden Kuss, während sich ihre Körper in den verschwitzten Klamotten eng aneinander schmiegten.

In der Kammer angekommen, rissen sie sich gegenseitig die Kleider von den Körpern.

Dann standen sie sich gegenüber, während ihre verschwitzten Körper im schwachen Licht der Kojenlampe matt glänzten. Dabei hörten sie vom Partydeck, dumpf und schmachtend die Laute von »American Pie«. Der Tangodiesel lief nun wohl auf volle Pulle und ehe sich die Beiden versahen, lagen sie in Fietes Koje, begannen ein wahnsinniges Liebesspiel, ihre Körper waren schweißüberströmt, denn eine Klimaanlage gab es nicht.

Es dämmerte schon der tropische Morgen, als die Beiden feststellten, dass die Nacht einfach zu kurz war.

Jipa verabschiedete sich und Fiete ging duschen, denn auf der **Clarita** war Zutörnen angesagt.

›OVERTIME‹ waren wichtig, die Seelords brauchten Geld.

Die Mädels machten natürlich nicht alles umsonst, die lange Liegezeit hatte fast jedermanns Guthaben aufgebraucht.

Es war Sonntag, aber ein Tag wie jeder andere, es hieß zutörnen, die Seelords brauchten Geld!

Die Rostmaschinen malträtierten das Hauptdeck in Höhe von Luke eins. Alle Leute der Deckscrew waren voll im Einsatz. Um 10:00 Uhr Smoke-Time, die ersehnte Pause.

Klaus, Norbert, Paul, Uwe und Fiete hatten Achterkante der Mittschiffsaufbauten, an der Kombüse, einen Mugg Kaffee getrunken und sich danach in den Gangway Bereich verholt, genossen ihre Zigaretten und blickten auf ein ruhiges Hafengelände, obwohl es dort nichts Neues zu erblicken gab. Alle waren tiefbraun vom Staub, den die Rostmaschinen erzeugt hatten.

Plötzlich näherte sich, wahrscheinlich direkt aus Tamatave kommend, ein Polizeifahrzeug und es steuerte auf den Liegeplatz der *Clarita* zu. Am Fuße der Gangway kam es zum Stehen. Zwei uniformierte Beamte entstiegen dem Fahrzeug, beugten sich noch einmal hinein und hielten dann jeder ein Automatikgewehr in der Hand, welches sie demonstrativ durchluden. Danach betraten sie die Gangway und kamen gemächlichen Schrittes an Bord. Sie waren sich der Wirkung ihres Auftrittes vollkommen bewusst.

Als sie an Bord die Gangbord betraten, verhießen ihre finsteren Blicke nichts Gutes. Der Kräftigere der beiden Beamten kotzte förmlich nur ein Wort aus: »CAPTAIN!«

Bevor überhaupt irgendeiner etwas antworten konnte, erschien der Kapitän auf der Bildfläche. Total relaxt, wie es nun mal seine Art war, blickte er die Beamten an. Er musste auf der Brücke gewesen sein und hatte so die Ankunft der Beiden mitbekommen.

Die Distanz wahrend, aber trotzdem freundlich bat er die beiden Polizisten, ihm in seinen Salon zu folgen.

In Begriff zu gehen, wandte er sich noch an die Jungs. »Schickt mir sofort den Ersten Offizier und den Chief in den Salon!«

Paul und Uwe stratzten unverzüglich los, um die Beiden ausfindig zu machen, damit sie die Aufforderung des Kapitäns überbringen konnten.

Heimreise. Adios Tamatave

Das Gespräch der beiden Polizisten mit dem Kapitän verlief durchaus positiv, wie später zu hören war. Gegenstand ihres Gesprächs war, was keinen weiter wirklich verwunderte, die gefällte Palme, als hätte man nicht damit gerechnet.

Der Jungzimmern sollte augenblicklich 4.000 US-Dollar abdrücken oder aber sofort für sechs Wochen in den Knast. Der Kapitän zahlte anstandslos die geforderte Summe und die Beamten gingen hochzufrieden von Bord.

Der Juzi hatte nun die Ehre für längere Zeit, schätzungsweise noch ein halbes Schröderjahr, auf der *Clarita* zu fahren, bevor die Schulden beglichen waren.

Die schöne, scheiß Palme, welch eine überaus teure Dekoration.

Allerdings nahm die Reederei die eine Hälfte der Summe auf ihre Kappe. Insofern hatte der Juzi sehr viel Glück gehabt.

Ob er wohl noch einmal eine Palme für Dekorationszwecke fällen würde?

Die Zeit schritt voran, die *Clarita* lag nun schon beinahe vier Wochen in Tamatave und endlich wurden die letzten Tonnen Ladung an Bord gehievt.

Dann hieß es, Alles seeklar machen, Alles gut laschen für die Heimreise, denn noch konnte es im Nordatlantik kräftige Winterstürme geben.

Der letzte Abend in Tamatave und somit die letzte Chance vor dem langen Seetörn zurück nach Europa.

Und alle tobten noch einmal an Land.

Mittlerweile waren jegliche Guthaben aufgebraucht, der Eine oder Andere, besaß auch schon keine Armbanduhr mehr.

Alles weitere was die Seelords entbehren konnten, hatten sie bereits zu Geld gemacht, damit ihre leichten Mädel am Ende wenigstens noch etwas Bares bekamen.

Der letzte Abend an Land verlief ruhig, man konnte sagen beinahe melancholisch, da die Jungs schon alle so gut wie verheiratet waren.

Jipa hatte Fiete zu sich in die Hütte eingeladen, die vom Zyklon fast verschont worden war. Die kleineren Reparaturen hatten ihre Verwandten schon ausgeführt.

Sie wollte Fiete zum Abschluss ihrer gemeinsamen Zeit noch einmal mit einem tollen Gericht verwöhnen. Es gab ein letztes gemeinsames Essen, und es gelang ihr einmal mehr, ihn zu überraschen.

Es wurde ein Fest für die Geschmacksnerven, es war einmalig, so ein wohlschmeckendes Essen zu zaubern. Ohne Frage war sie eine spitzenmäßige Köchin.

Ihre Liebesspiele danach waren nicht mehr so von Hektik, Gier und Wildheit bestimmt. Sie genossen sich selbst bis in jede Faser ihres Seins.

In den frühen Morgenstunden verabschiedete er sich von Jipa.

Er gab ihr all sein Bargeld, welches er noch zusammen gekratzt hatte, sie strahlte übers ganze Gesicht und wieder hatte sie dieses seltsame Leuchten in ihren mandelförmigen, hübschen Augen.

Mit einem sehr langen und äußerst intensiven Kuss verabschiedete er sich von ihr und er meinte, feuchte Augen zu erblicken.

Tatsächlich rannen ihr einige Tränen über die Wangen.

Schnell wandte er sich ab und verließ ihre Hütte, auch ihm war es sehr mulmig in der Magengegend.

Am Vormittag war die *Clarita* klar zum Auslaufen, der Probelauf der Hauptmaschine war bereits erledigt.

Zum Erstaunen aller hatten sich sämtliche Mädel im Hafen eingefunden und bescherten den Jungs einen grandiosen Abschied. Es fehlte nur noch eine Kapelle.

Alle blickten zum letzten Mal hinüber zur Kaianlage zu den immer noch winkenden ›Damen‹, wobei Paul vor sich hin murmelte: »Alles keine Profis, aber echt gute, wilde Weiber!«

Nun war ihr Dampfer endlich wieder in Fahrt, vorerst mit Kurs auf das Kap der guten Hoffnung.

Nun hörte die Crew wieder die gleichmäßigen, satten Geräusche der wieder pausenlos arbeitenden Hauptmaschine.

Die Wachen waren besetzt, alles lief rund und nun waren sie auf Heimreise, Kurs Europa.

Von jetzt an wurde wieder volle Lotte zugetörnt.

Fiete hatte einen anderen Wachtörn als auf der Ausreise, er hatte nun die 04:00/08:00 Wache. Er war froh darüber, denn dies waren die besten Zeiten für die Wache, obwohl es lange Tage waren, wenn er volles Rohr zutörnen konnte. Es nützte kein Lamentieren, es musste wieder Guthaben her. Wenn alles gut lief, konnte er bis Europa schon wieder über ein kleines finanzielles Plus beim Funker verfügen.

Auf der Heimreise sollte das ganze Schiff unter Farbe gebracht werden. Komplett Alles, die Windenhäuser, die Luken, die Decks, soweit sie nicht mit Deckslast belegt war und natürlich die Masten sowie die Ladebäume. Einfach alles musste entrostet, gemennigt und dann wieder unter frische Farbe gebracht werden.

Das Wetter spielte mit, war äußerst gut und die Stimmung hervorragend.

An einem Morgen auf Wache, sie waren so circa den vierten Tag auf See, fragte der Erste Offizier Fiete: »Na, wie ist das werte Befinden, alles gut?«

Fiete blickte den Ersten unter zustimmendem Kopfnicken fragend an. Er verstand seine Frage nicht, lief doch alles rund.

»Ihr müsstet vielleicht noch den Kopf von dem Schwergut-Spargel abdecken.«

Fiete blickte aus dem Brückenfenster und tatsächlich waren die Scheiben und Drähte an der Baumnock alle ungeschützt dem Spray des Meerwassers ausgesetzt. Das Flendergeschirr selbst war jedoch bereits gut gesichert. Nur über der Baumnock war keine Persenning, beziehungsweise keine Netzbrook angebracht.

»Okay, ich rede später mit dem Bootsmann, er wird dann die Leute einteilen. Und noch etwas! Arbeiten im Mast immer nur mit Sicherheitsgurt!«

Fiete nickte verstehend.

›*Was will er eigentlich von mir, mit seinem Sicherheitsfimmel! Will er mir ein Gespräch aufdrängen?*‹

Während Fiete nach der Wache sein Frühstück einnahm, kam der Bootsmann in die Mannschaftsmesse und setzte sich zu ihm an die Back.

»Moin, Fiete«, begann er ohne Umschweife: »nach dem Frühstück enterst du mit Norbert auf, um sämtliche Sicherungen am Schwergutspargel zu überprüfen. Danach verpackt ihr gemeinsam die Baumnock. Und denkt mir an die Sicherheitsgurte!«

»Alles klar«, nuschelte Fiete mit vollem Mund.

Der Bootsmann hatte gar nicht gefragt, ob er zutörnen wollte, das hatte er wohl schon mal automatisch vorausgesetzt.

Nach seinem Frühstück trafen sich Fiete und Norbert Achterkante Aufbauten, an der Kombüse.

»Alles in Ordnung?«

Fiete blickte Norbert fragend an, dieser nickte nur.

Fiete schnippte den Kippen seiner Zigarette an der Leeseite ins Meer und räusperte sich: »Tja, denn man los!«

Gemeinsam gingen sie nach Vorn zum ersten Windenhaus, auf dem sich zwischen Luke eins und zwei der Schwergutbaum befand.

Norbert hatte schon alles bereitgelegt, während Fiete noch gefrühstückt hatte.

Sie hievten die Persenning und die Netzbrook auf das Windendeck, mussten dabei nur etwas Obacht geben, damit sie nirgends hinterhakten.

»So weit, so gut.«, Fiete blickte Norbert an: »Ich klettre jetzt hoch in die Saling und lasse die Schmeißleine herab, schlag mir bitte nicht alles auf einmal an.«

»Okay, alles klar.«

Fiete kletterte den Mast hinauf und ließ die Schmeißleine auf das Windendeck herab. Nach kurzer Zeit hatte er das komplette Material auf die Saling gehievt. Einige Augenblicke später stand Norbert neben ihm.

Gemeinsam kontrollierten sie die Sicherungen des Schwertgutbaumes. Alles war in Ordnung. Dann ging es weiter.

»Ich klettre jetzt an der Baumnock hoch und ziehe die Persenning über die Nock.«

Gesagt, getan.

Fiete kletterte an der Baumnock hoch, einen Sicherheitsgurt hatte er sich angelegt, nutzte ihn im Augenblick aber nicht.

Die Baumnockabdeckung ließ sich einfacher als gedacht über die Scheiben, Drähte und den Kopf selbst stülpen.

Wieder auf der Saling zogen sie einen Tampen durch die Kauschen, zogen alles richtig fest und sicherten dann den Tampen.

»Soweit, alles im Lot!«

Fiete grinste Norbert an und schob sich einen Glimmstängel zwischen die Lippen.

»Smoke-Time!«

Während er in aller Ruhe rauchte und den Weitblick aus der Saling über die weite See richtig genoss, wanderte sein Blick auch zufällig zur Brücke, dort stand der Zweite und gestikulierte ganz wild mit seinen Armen. Fiete beschloss, das für den Moment zu ignorieren.

»Gut, dann lass uns die Netzbrook ausbringen, wir versuchen, sie über die Nock zu werfen. Ich gehe auf die andere Seite und versuche, sie mit dem Tampen bei mir in Position zu bringen. Du musst sie aber gut freihalten, damit sie sich nirgends verhakt.«

Nachdem eine weitere halbe Stunde vergangen war, hatten sie die Netzbrook komplett über die Persenning gezogen und sie richtig gut befestigt, sodass auch bei Sturm nichts mehr flatterte und kein Flugsand oder Salzwasserspray eindringen konnte.

»Siehste«, Fiete blickte Norbert an: »war doch gar nicht so schlimm, ist doch super gelaufen!«

Die Beiden kletterten die Mastleiter hinab und als Fiete den ersten Fuß auf das Windendeck setzte ertönte der schrille, eindringliche Pfiff einer Signalpfeife aus einer der Brückennocken.

Fiete blickte zur Brückennock und dort stand nun der Zweite Offizier, er hatte beide Hände um seine Lippen zu einem Trichter geformt.

»Fiete, sofort auf die Brücke, ohne Umwege!«

Er blickte fragend zu Norbert hinüber, aber der zuckte nur mit den Schultern, ahnungslos tuend und wies, vielleicht unbeabsichtigt, auf den Sicherheitsgurt.

Fiete verzog keine Miene, schnallte seinen Sicherheitsgurt ab und ließ ihn nachlässig vom Windendeck herab auf das Hauptdeck fallen. Dort lag er nun, der unbenutzte Sicherheitsgurt.

Daraufhin begab er sich auf direktem Weg auf die Brücke zum Zweiten Offizier.

Auf der Brücke angekommen stürzte der Zweite sofort auf ihn zu.

»Moin, was soll ich hier oben? Warum haben Sie mich hierher beordert?«

Fiete grinste den Zweiten Offizier süffisant an.

Der Zweite Offizier war kurz davor zu platzen, seine Beherrschung zu verlieren, hatte sich letztendlich aber vorbildlich im Griff.

»Sage mir Mal! Bist du eigentlich vollkommen meschugge? Kannst du mir das vielleicht erklären? Kletterst da oben herum wie ein Klammeraffe! Du trägst einen Sicherheitsgurt, aber benutzt ihn nicht! Aber nein, der Herr trägt den Gurt ja nur zur Zierde!«

Er schnaubte, holte noch einmal tief Luft.

»Wissen Sie, das Mistding ist einfach störend. Ich kann damit, sobald ich die Sicherheitsleine einpicke, nicht arbeiten.«

Er versuchte, seine Antwort locker und zugleich flapsig rüberzubringen.

Worauf sich der Zweite Offizier aber überhaupt nicht einließ.

»Ich sage dir jetzt und hier folgendes und das nur einmal, sollte ich das noch einmal sehen, dass du dort oben ungesichert herumturnst, dann bekommst du von mir einen saftigen Tagebucheintrag! Und eins noch dazu, solltest du abschmieren und als Modder auf dem Windendeck verenden, werde ich ins Journal schreiben: Der Matrose hat auf eigene Verantwortung, ungesichert, im Mast gearbeitet. Du weißt was eine Tagebucheintragung bedeutet?«

»Ja, weiß, in Ordnung, werde mich in Zukunft an die Regeln halten und mehr Obacht geben.«

»Denk daran, es ist dein Leben, wenn du ungesichert auf dem Windendeck aufschlägst, dann bist du hin und bevor hier auf hoher See die Retter aufkreuzen sollten, hast du schon lange den Arsch zugekniffen!«

Drastische Worte aber sie ließen Fiete doch etwas nachdenklich werden.

»Danke für Ihre deutlichen, erklärenden Worte.«

Der kurze Satz von Fiete hörte sich für einen Außenstehenden schon wieder ironisch an, was er keinesfalls sein sollte.

Immer noch nachdenklich verließ er die Brücke.

Als er vom Bootsdeck hinab den Niedergang zum Hauptdeck hinter sich gelassen hatte, da entdeckte er, Achterkante Aufbauten zwischen zwei Containern einige tote, ehemals fliegende Fische herumliegen.

Die **Clarita** war ja bis an die Lademarke abgeladen und hatte somit nicht allzu viel Freibord, da die fliegenden Fische sich mit Schwung aus dem Wasser katapultierten, mit der Schwanzflosse beschleunigten, um dann verhältnismäßig hoch über den Wellen zu segeln. Wahrscheinlich wurden sie nachts vom Licht der Decksbeleuchtung angezogen und somit landete ab und an der eine oder andere an Deck.

Fiete hob eines der Exemplare hoch, welches beinahe noch frisch war, es konnte noch nicht lange dort liegen. Ein super Exemplar gut 20 Zentimeter lang.

In diesem Augenblick kam ihm der Ing.-Assi Manne entgegen, gefolgt von seinem kleinen Affen namens Tschieko. Er hatte sich nämlich in Tamatave ein kleines Äffchen zugelegt.

Bagaluten an Land verkaufen den Seeleuten ja alles, Hauptsache es gibt etwas Bares. Es gab viele Mutmaßungen, aber niemand wusste genau, wie er den Affen in Europa an Land schmuggeln wollte.

Tschieko sonnt sich auf dem Holzdeck

Fiete war ein Schlitzohr, er hielt den fliegenden Fisch in seiner Rechten, gut versteckt hinter seinem Rücken, beugte sich zu dem Äffchen hinab, um es mit seiner Linken zu locken.

»Komm Tschieko, komm, komm doch, sieh mal was ich hier gutes für dich habe!«, dabei schnippte er immer wieder mit den Fingern und da der kleine Affe sehr neugierig war, näherte er sich Fiete bis auf eine kurze Distanz.

Urplötzlich schoss seine rechte Hand, mit dem toten, fliegenden Fisch nach vorn und er hielt dem Äffchen den Fisch genau unter die Nase.

Der kleine Affe begann ein wahnsinniges Gezeter und Geschrei anzustimmen, machte währenddessen eine Kehrtwende um 180 Grad, stratzte im Tiefflug über das hintere Hauptdeck, umkurvte geschickt die diversen Laschings der Container, erklomm in olympiaverdächtiger Zeit das Windendeck zwischen Luke drei und vier und ehe sich überhaupt jemand äußern konnte, saß er auf der Mastspitze des hinteren Mastes.

Sein Gemecker und Gezeter hielt noch eine ganze Weile an.

Fiete stand da, ein Glimmstängel hing in seinem rechten Mundwinkel und innerlich grinste er bis in alle Ewigkeit.

›*Was für ein blöder Affe, kann nicht einmal den Geruch eines toten, fliegenden Fisches ab.*‹

Später, während die Reise fortschritt, umkreiste das Äffchen Fiete, sobald er ihn sah, immer weitläufig. Dabei wahrte er immer einen gewissen Sicherheitsabstand.

Manne war hochrot im Gesicht: »Sag mal, spinnst du? Was meinst du, wenn er über die Kante gejuckt wäre? Hättest du mir dann das Geld erstattet, das was er mich gekostet hat??«

»Nöh!«, antwortete Fiete, kurz und knapp.

»Weißt du was Manne? Dein Affe ist eine kleine Drecksau, oder etwa du? Hast du schon mal in's Ladebüro gesehen in dem er haust? Ein Schweinestall ist dagegen noch sauber. Außerdem stinkt es im Ladebüro bestialisch.«

Und Fiete zog den Ing.-Assi mit sich zum Ladebüro, im Windenhaus, die derzeitige Bleibe von Tschieko.

Das süße Äffchen hatte alles voll gekotet und auch die Wände waren mit Kot verschmiert.

»Wenn man sich solch ein Viech anschafft dann sollte man sich im Klaren sein, dass das Äffchen kein Spielzeug ist, sondern ein Wildtier. Aber auch das benötigt Pflege!«

»Bist du jetzt endlich fertig?«

»Ja, aber das lag mir schon einige Zeit auf der Seele!«

Dann zeigte er auf die Mastspitze und Tschieko.

»Nun sieh man zu, dass du den kleinen Arsch wieder von da oben runterholst!«

Dabei grinste Fiete richtig hämisch, nahm seinen fliegenden Fisch und verschwand in Richtung Vorschiff.

Auf der Höhe von Luke zwei stieß er auf den Bootsmann, der ihm in seinem watschelnden Gang entgegen kam.

»Na, wat hast du denn da?«, deutete der Scheich auf den Fisch.

›*Was für eine blöde Frage*‹, dachte Fiete: ›*das sieht man doch.*‹

Aber er ignorierte die Frage, stellte stattdessen eine Gegenfrage.

»Bootsmann, du bist doch ein alter, erfahrener Fahrensmann!«

›*Einmal ordentlich mit dem Honigquast um seinen Bart, das tut hier Not!*‹

»Könntest du mir vielleicht erklären, wie ich einen fliegenden Fisch präpariere?«

Erstaunt sah der Bootsmann ihn an.

»Na klar, am besten machen wir es gemeinsam, dann weißt du gleich wie es richtig abläuft. Allerdings gehst du jetzt erst einmal zum Smut. Dann bittest du ihn, dass er dir den Fisch ordentlich ausnimmt. Er darf aber nicht die Flügel beschädigen. Danach kommst du zu mir nach Vorn ins Kabelgatt, da erledigen wir dann den Rest. Vorher hole ich eben noch Pfeifentabak aus meiner Kammer.«

Misstrauisch beobachtete Fiete den Bootsmann, tat dann aber wie ihm geheißen. Fiete ging zur Kombüse und vorsichtig kam der Koch seinem Wunsch nach.

Im Kabelgatt wartete derweil bereits der Bootsmann auf ihn.

»So, mein Jung, nun füllen wir ihm erstmal seinen leeren Bauch mit Pfeifentabak und danach nähe ich ihn mit ganz feinem Segelgarn wieder zu. Siehst du, so!«

Eine absolut saubere Naht hielt den fliegenden Fisch nun wieder zusammen, ließ ihn wieder ganz aussehen.

»Weiterhin nehmen wir uns nun ein altes Stück Brett aus der Zimmerhook«, er grinste irgendwie zufrieden: »habe ich schon besorgt und auch einige spitze Stifte. So, nun musst du den Fisch mal festhalten, Mitte Brett.«

Fiete hielt vorsichtig den Fisch in der Mitte des Brettes, während der Bootsmann eine sehr schmale Leiste auf das Ende des nun komplett ausgebreiteten Flügels drückte, um die Leiste mit drei Stiften zu fixieren. Genauso verfuhr er auch mit dem zweiten Flügel und zum Abschluss fixierte er noch die untere Schwanzflosse.

Im Nu war er damit durch, die ersten Arbeitsschritte waren erledigt.

»Das war der erste Arbeitsgang, nun legst du das Brett mit dem Fisch in die Sonne, am besten an einer windgeschützten Stelle. In drei Tagen sollte er dann richtig trocken sein. Der Tabak bewirkt, dass er von innen heraus richtig die Feuchtigkeit verliert, den Rest besorgt die Sonne. Sobald er richtig knackig getrocknet ist, lackierst du ihn mit Bootslack, den Lack ordentlich trocknen und aushärten lassen. Mindestens zwei Mal lackieren, am besten sogar drei Mal. Dann holst du dir vom Timmy ein richtig schönes Stück dunkles Edelholz. Musst ihm ein Bier ausgeben! Das Stück Brett, ordentlich geschliffen und sauber mit Bootslack angestrichen, die beste Halterung für deinen fliegenden Fisch. Das wird mit Abstand eine der schönsten Trophäen deiner Seefahrerzeit, die du mit nach Hause bringst! So, nun aber ab nach Achtern, Abendessen und dann ab auf Wache!«

Fiete blickte den Bootsmann mit großen Augen an, beinahe ehrfürchtig: »Vielen Dank, Bootsmann!«

Er verstaute das Brett mit dem fliegenden Fisch noch sicher im Kabelgatt, damit er am nächsten Tag das Machwerk in die Sonne legen konnte. Nach dem Abendessen zog er dann doch, einmal mehr, sehr nachdenklich auf Wache.

Die weiteren Tage waren noch von gutem Wetter gekrönt und wurden bestimmt vom Wachegehen, Arbeiten und Zutörnen.

Fietes fliegender Fisch war prächtig gelungen. Timmy, der ewig Weiße, hatte ihn sauber auf einem auf Hochglanz lackiertes Stück Edelholz befestigt und der fliegende Fisch glänzte wie neu mit seinem dreifachen Bootslacküberzug. Er wirkte nun wieder äußerst lebendig, besonders mit seinen weit ausgebreiteten, beinahe durchsichtigen Flügeln.

Allmählich wurde es kühler, die kurzen Arbeitshosen hingen schon wieder im Spind und täglich nahmen die dunklen Wolken zu.

Norbert und Fiete befanden sich auf dem Bootsdeck und malten weiß. Die Schotten waren schon fertig angestrichen, es fehlten nur noch die Davids der Rettungsboote und das Geländer unter den Rettungsbooten.

»Sag mal, Norbert, wo ist eigentlich der Leichtmatrose? Er sollte uns doch unterstützen, damit wir endlich fertig werden? Der verpisst sich in letzter Zeit aber ziemlich häufig! Oder wie siehst du das?«

Fragend sah Fiete Norbert an, als die Beiden Achterkante Bootsdeck einen kurzen Smoke machten.

»Ach Mensch, lass ihn doch! Ich glaube, er hat ein Problem.«

»Was für ein Problem? Bekommt der Bengel jetzt auf einmal Heimweh?«

»Nee, nee, ich glaube, sein Problem liegt tiefer!«

»Was soll das heißen? Muss er zum Zweiten? Ist er krank?«

Fiete blickte Norbert argwöhnisch an.

»Nee, wenn er weg ist, dann verschwindet er meistens in der Mannschaftstoilette, er zieht, glaube ich«, wobei er abwehrend die Hände hob, scheinbare Unwissenheit vortäuschend: »an seiner Strippe!«

Norbert blickte Fiete etwas unglücklich an, so, als hätte er schon zu viel erzählt. Fietes Augen weiteten sich in ungläubigen Erstaunen, dann veränderte sich schlagartig sein Gesichtsausdruck, beinahe wütend.

»Ach, verdammte Scheiße, diesen Mist hatten wir doch schon auf der Ausreise mit dem Messbüdel!«

Nun blickte er Norbert todernst an.

»Färbt diese Kacke eigentlich ab? Meinst du tatsächlich, er geht auf WC und wichst?«

Dazu machte er eine ordinäre, aber eindeutige Handbewegung. Norbert war ganz geknickt, er konnte Uwe gut ab und nickte zustimmend.

Fiete sah Norbert weiterhin nachdenklich an.

»Er ist ein guter Junge, ich meine dem Burschen muss doch geholfen werden,…!«

Abrupt unterbrach ihn Norbert und bevor er fortfahren konnte zeigte er nach Achtern, zur Steuerbordseite, Luke drei.

Merkwürdig!

»Hast du das eben auch gesehen, dort zwischen der Deckslast waren zwei Katzen!«

»Was erzählst du denn da für einen Müll? Bist du besoffen? Wir haben keine Katzen an Bord, die hätten wir schon lange sehen müssen und nicht erst heute. Du siehst weiße Mäuse oder war es Tschieko?«

Plötzlich flüsterte Norbert: »Fiete, nicht bewegen, ganz ruhig. Sieh mal«, er wies hinüber zur Steuerbordseite, an Deck auf die Maschinenteile: »da sitzen sie!«

Und dann erblickte Fiete sie auch, dort saßen, scheinbar unbekümmert, zwei dicke, fette Ratten und nagten an irgendetwas herum, so, als wären sie allein auf diesem Stern. Fast lautlos ergriff Fiete seinen Roststecker und schleuderte ihn wie einen Speer direkt zwischen die Maschinenteile. Laut scheppernd schlug der Roststecker, kurz vor den Ratten, auf dem Hauptdeck ein und schleuderte schlitternd auf sie zu, erreichte sie aber leider nicht. Aufgrund des Lärms waren sie blitzschnell verschwunden.

»Fuck, Ratten an Bord!«

In Windeseile sauste Fiete den Niedergang zum Hauptdeck hinab, hob behände seinen Roststecker auf, aber von den Ratten waren nicht einmal mehr ihre verseuchten Schwanzspitzen zu entdecken.

Der Zimmermann stand Vorkante Luke drei, lehnte dabei am Kombüsenschott, hatte eine Mugg Kaffee in der Hand und starrte Fiete wütend an.

»Bist du nicht mehr ganz dicht? Willst du mich mit deinem Roststecker umlegen?«

»Nein, dich nicht, aber die beiden vollgefressenen Ratten, die hier eben noch zwischen den Maschinenteilen saßen. Hast du nichts bemerkt?«

»Bist du dir auch sicher, dass es Ratten waren?«

»Selbstverständlich, wir haben sie zu zweit entdeckt, also keine Wahnvorstellungen.«

Aber der ewig Weiße blieb ganz relaxt.

»Ratten an Bord ist natürlich ein Scheißspiel. In der Zimmerhook habe ich noch eine schöne, alte Rattenfalle, die werde ich noch etwas modifizieren, dann können wir die heute Abend aufstellen. Ja«, murmelte er, mehr zu sich selbst, dann sagte er zu Fiete und dem Smutje: »ja, das schaffe ich.«

Schon war er unterwegs zum Vorschiff, in seine Zimmerhook.

Zum Ausscheiden stand die Falle schon bereit. Er hatte sie vor den

Maschinenteilen an Deck positioniert. Die Stirnseite der Falle sowie die Bodenplatte und Rückwand war aus gutem, hartem Holz. Die Längsansicht und die Oberkante waren mit stabilem, feinmaschigem Drahtgewebe bespannt. Im letzten Drittel der Falle befand sich der Auslösemechanismus, am Boden befestigt. Von dort führte ein Gestänge zum Eingang. Im Prinzip identisch mit einer Mausefalle, nur etwas größer und stabiler. Circa 40 Zentimeter lang und 15 Zentimeter hoch.

An beiden Seiten des Eingangs hatte er schmale Führungsschienen installiert und eine dünne Eisenplatte angebracht, die in ihnen ruhte und sobald der Mechanismus an der Futterstelle ausgelöst wurde, herabsauste und den Eingang sicher verschloss.

Der Zimmermann hatte sich noch etwas Besonderes einfallen lassen, er hatte die Verschlussplatte an der Unterkante messerscharf angeschliffen.

»So Jungs, nun will ich euch das mal demonstrieren!«

Er schob die Verschlussplatte nach oben und ließ sie arretieren, legte ein dünnes Stück Holzlatte in den Eingang der Falle, dann nahm er ein Stück Draht und pfriemelte ihn durch das Gitter und lösten den Mechanismus aus. Die Eisenplatte sauste in ihren Führungen herab und zerteilte die Latte in zwei Teile.

»So«, meinte er nur am Ende seiner Demonstration: »dann müsst ihr euch nur noch vorstellen, dass war der Schwanz der gefangenen Ratte!«

»Du bist ja echt pervers!«, entfuhr es Paul.

»Tja«, grinste der Zimmermann voller Vorfreude: »aber effektiv!«

Er rieb die Rattenfalle noch mit einem tranigen Lappen ab, verstreute einige Sägespäne und bestückte den Fressplatz mit einem ordentlichen Stück Speck. Nachdem er die Eisenplatte in die richtige Position gebracht, und den Mechanismus gespannt hatte, brachte er die Falle an Deck in Position, unten zwischen den ersten Maschinenteilen.

Das Thema mit Uwe war nun erst einmal weit in den Hintergrund getreten. Im Augenblick hatten die Anweisungen der Schiffsleitung Vorrang: Nachts keine offenen Schotten, keinerlei Fütterung von Tschieko an Deck, keine Essensreste außerhalb der Messen herumliegen lassen.

Am folgenden Morgen, Fiete kam soeben von seiner Wache, da holte der Smutje ihn an eines der Bullaugen der Kombüse.

»Was gibt's Koch?«

»Lauf mal los und hol Timmy, ich glaube er hat letzte Nacht Beute gemacht!«, und deutete dabei auf die Falle an Deck.

Fiete hatte sich schon gewundert, was da bei Luke drei so fiepte. Eine dicke, unansehnliche Ratte mit abgehacktem Schwanz rannte in ihrem Gefängnis wie wild auf und ab.

Fiete suchte den Timmy, fand ihn, berichtete ihm von dem Fang.

Der Zimmermann steckte daraufhin eine kleine Kunststoff Flasche ein. Bei Luke drei angekommen nahm er ohne zu Zucken die Falle mit der nun noch wilder in ihrem Käfig herumtobenden Ratte und stellte die Falle auf die Luke. Daraufhin griff er die kleine Kunststoff Flasche und spritzte die quietschende Ratte mit dem Inhalt der Flasche voll. Augenblicklich verbreitete sich der Geruch von ausgelaufenem Benzin. Er hielt sin Feuerzeug an das Gitter und im Nu stand die Ratte vollkommen in Flammen.

Und was die Herumstehenden dann zu hören bekamen werden sie nie vergessen.

Die Ratte schrie in ihrer Not wie ein Baby, stieß wirklich babyähnliche, schrille Laute aus. Sie verbrannte erbärmlich in ihrem Gefängnis.

Plötzlich stieß Paul einen Schrei aus und zeigte nach Steuerbord Achteraus. Auf der Höhe des hinteren Windenhauses, zwischen Luke drei und vier entstand auf ein einmal ein ziemliches Gewusel und dann erkannten sie es. Es waren zwei Gruppen von Ratten, so circa 10 bis 15 Stück, sie rannten auf die Schanzung zu und verschwanden dann allesamt durch die Wasserpforten, in den Atlantik. Nach wenigen Sekunden war der Spuk vorbei.

Von der verbrannten Ratte im Käfig stieg immer noch eine dünne Rauchfahne auf, während sie in den letzten Zuckungen lag.

Timmy grinste schon wieder, obwohl niemandem der Zuschauer zum Grinsen zumute war.

»So Jungs, das wäre erledigt, nun herrscht wieder Ruhe.«

Er drehte sich um und ging von dannen, gefolgt von seinem Juzi. Seine angekokelte Rattenfalle mit dem verendeten Rattenviech ließ er einfach auf dem Lukendeckel stehen.

Fiete ging langsamen Schrittes nach Achtern in die Mannschaftsmesse. Appetit auf ein Frühstück hatte er nun nicht mehr, dafür gingen ihm im Moment zu viel andere Sachen durch den Kopf.

›Hieß es früher nicht immer, die Ratten verlassen das sinkende Schiff? Ach, verdammter Mist, ich bin doch nicht abergläubisch! Es ist einfach der Natur geschuldet, dass die Ratten über die Kante sind. Bestimmt aufgrund der in Todesangst ausgestoßenen Schreie der verendenden Ratte.‹

Die **Clarita** kam weiterhin gut voran, aber das Wetter war deutlich schlechter geworden, je weiter sie nach Norden kamen desto unruhiger wurde der Atlantik.

Ihr Schiff war nun, farbtechnisch, topp in Schuss. Der Dampfer wirkte wie frisch aus dem Ei gepellt. Auch das komplette Ladegeschirr war überholt und marode Teile ausgetauscht, Runner, Stander und so weiter.

An Zutörnen war zu diesem Zeitpunkt überhaupt nicht zu denken. Regen und äußerst kühle Witterung bestimmten den Tag. Die Tagelöhner machten irgendwelche Innenarbeiten, welche schon lange überfällig waren. Nur noch vier Tage, dann sollten sie ihren ersten Löschhafen, Marseille, erreichen.

Abends auf Fietes Wache war die **Clarita** auf der Höhe von Rabat, Marokkos Hauptstadt. Allerdings waren sie so weit von der Küste entfernt, dass man nicht einmal mit dem Fernglas irgendetwas entdecken konnte.

Der Schiffsverkehr nahm zu, Fiete stand in der Backbord Nock und beobachtete durchs Glas die Mitläufer und weiter draußen die south bound gehenden Entgegenkommer.

Da räusperte sich plötzlich der Erste Offizier neben ihm und er zuckte leicht zusammen. So, als hätte er ein schlechtes Gewissen, dem war aber nicht so.

»Na, wie sieht es aus? Alles im Lot?«, fragte der Erste, obwohl er sich bestimmt im Radar vorher einen Überblick verschafft hatte.

»Alles in Ordnung, überall satte Abstände, läuft!«

Dann begann der Erste unvermittelt: »Sag mal, ist dir bei den Fremdenlegionären in Tamatave nicht irgendetwas aufgefallen?«

Verblüfft blickte Fiete den Ersten an, dessen Gesicht er in der Dunkelheit sowieso nur schemenhaft erkennen konnte.

»Nee, hab auch immer ordentlich Sicherheitsabstand gehalten. Bei denen wird einem ganz schön mulmig.«

»Bedenke mal, die Jungs sind mit ihren Klamotten quer durch ganz Madagaskar gefahren, nur damit ihr Schrott oder besser gesagt, ihre Altteile oder was weiß ich noch alles, zurück nach Frankreich verschifft werden. Das ist schon merkwürdig, oder?«

Fiete strengte sich an, verstand aber nicht was der Erste ihm damit sagen wollte.

»Wieso denn quer durch Madagaskar?«

»Na, stationiert sind diese Spezis in Diego Suarez, dass ist im äußersten Norden der Insel und denk mal nach! Da fährt so ein Konvoi beinahe 1.200 Kilometer, innerhalb von 2 Tagen, schwer bewacht und gesichert durchs Land, nur für die Altteile die nun hier an Deck herumstehen?«

»Naja«, meinte Fiete und er fühlte sich total unwohl in seiner Haut, diesem Gespräch nicht gewachsen: »naja, vielleicht sind ja Sachen von großem Wert in den Containern und Kisten verpackt?«

Er grübelte weiter: ›*Verdammt noch mal, was will er eigentlich mit diesem einseitigen Gespräch bezwecken?*‹

Da fuhr der Erste aber schon fort, so, als führte er ein Selbstgespräch: »Ich vermute die Franzosen fliegen bald aus Madagaskar raus und diese Materialverlagerungen sind die ersten Vorboten. Ich glaube, sie räumen schon auf und das nicht mehr notwendige Equipment geht schon mal nach Frankreich.«

Fiete blickte abermals zu seinem Gesprächspartner hinüber.

»Tja, was soll ich sagen? Wenn es denn so wäre!«

Der Erste hörte Fiete überhaupt nicht zu, wechselte das Thema.

»Und, was machen denn die Ratten?«

»Wir haben in den letzten Tagen nichts Auffälliges ausgemacht. Wahrscheinlich gab es nur diese beiden Gruppen, die über die Kante gegangen sind.«

»Dein Wort in Gottes Gehörgang. Abergläubisch bist du doch wohl nicht, oder?«

»Nee, nee, alles gut. Komm schon klar.«

»Das ist in Ordnung«, er blickte kurz auf seine Armbanduhr: »dann geh man jetzt wecken.«

Woraufhin sich Fiete in Bewegung setzte und die Niedergänge zum Hauptdeck hinabstieg, um die 08:00/12:00 Uhr Wache zu wecken.

Noch 12 Stunden bis Gibraltar und dann weitere 4 Tage bis Marseille, erster Löschhafen in Europa.

Heimathafen Hamburg, neue Charter

Einlaufen **Marseille, 45° 17'54. 65« N / 05° 22'07. 44« O** sofort nachdem die *Clarita* löschklar war, hievten Kaikräne die erste Ladung an Land.

Als erstes wurde vorrangig die Ladung der Fremdenlegion gelöscht und an Land sofort auf Militärfahrzeuge verladen. Wahrscheinlich wurde das alte Equipment gleich nach Aubagne geschafft, ins Hauptquartier der Fremdenlegion, 20 Kilometer nordöstlich von Marseille gelegen.

Als der Agent von Bord war, sickerte eine Nachricht durch, die auch sofort die Runde machte. Die *Clarita* sollte nach der vollkommenen Entladung, in Antwerpen, im Ballastschiff nach Hamburg laufen.

Fiete interviewte daraufhin Paul, weil der immer schon gute Kanäle hatte und meistens genau wusste, was Sache war.

Paul meinte nur: »Mmmh«, und rieb sich sein, mit unzähligen Bartstoppeln übersätes Kinn: »bisher habe ich in dieser Hinsicht noch gar nichts gehört.

Was ist denn überhaupt so wichtig an Hamburg? Willst du abmustern?«

»Nein, das nicht. Vielleicht einen kurzen Abstecher nach Hause machen und guten Tag sagen. Ist ja nur 'ne knappe Stunde mit der Bahn vom Hauptbahnhof. Ach, ist ja auch nicht so wichtig.«

»Okay, dann komm man mit nach Vorn, ich glaube, Luke eins müsste schon fertig sein. Die komplette Ladung für Marseille ist schon Geschichte. Da können wir schon beginnen seeklar zu machen.«

Dann gingen sie, Seite an Seite vor zur Luke eins.

Merkwürdig, in Marseille war nicht ein Fremdenlegionär zu erblicken, nur ein paar Uniformierte in den Trucks. Die Löscharbeiten wurden alle von ganz normalen Hafenarbeitern ausgeführt.

Die Küstenreise ging weiterhin zügig voran, Marseille, Bordeaux und anschließend letzter französischer Löschhafen **Rouen. 49° 26'49, 91« N / 01° 03'21. 75« O**

Nun war nur noch das Sackgut für Antwerpen in den Unterräumen, das Graphit. Die Docker in Rouen hatten schon eine merkwürdige Art sich auszudrücken. In der Art wie »Eure Luken leben!« oder »Im Sackgut wird noch was ausgebrütet!« oder weiter »Ihr habt noch einen Haufen blinder Passagiere an Bord!«

An und für sich hatten alle an Bord geglaubt, oder zumindest gehofft, alle Ratten seien von Bord.

Doch weit gefehlt.

Am frühen Abend machte die *Clarita* am Schelde-Kai, in **Antwerpen 51°18'23. 36« N / 04°19'27. 39« O** fest.

Auf der Kaianlage standen schon wartend einige Herren, die eigentlich nicht wie typische Hafenarbeiter aussahen. Vielleicht gehörten sie ja zur Agentur.

Während nach dem Festmachen die Gangway klar gemacht wurde, meinte der an den Jungs vorbeischleichende Zimmermann mit einen Blick an Land: »Die Buschtrommel muss hier aber sehr gut funktionieren. Da hat doch bestimmt so ein Franzmann telefoniert. Die Leute, die dort herumstehen, sehen allesamt nach Gesundheitspolizei aus. Sollte es sich bewahrheiten, was die Franzmänner gesehen haben und die Herren Kammerjäger finden etwas? Jungs, dann haben wir hier aber noch einige Tage gut in Antwerpen.«

Die Gangway war ausgebracht und gesichert, die Netzbrook gut vertäut, da stiefelten die fünf Herren auch schon an Bord.

Die Jungs an der Gangway bedachten die fünf Herren mit einem freundlichen: »Guten Abend, die Herren.«

Fiete blickte fragend den Timmy an.

»Was machen die denn jetzt?«

»Ich habe das schon einmal erlebt. Sollten die Herren Rattenkot in den Aufbauten finden sowie einen Haufen vierbeiniger blinder Passagiere in den Luken, dann Jungs«, und nun nahm das Grinsen in seinem Gesicht unwahrscheinliche Formen an: »dann wird der komplette Dampfer ausgegast! Das heißt wir würden alle für einige Tage in ein Hotel gehen. Aber immer ruhig Blut. Erstmal abwarten.«

Nun machte er eine richtige Verschwörermiene.

Einige Zeit später saßen die komplette Gang vom Achterschiff, die Decksbauern und Ölaugen Vorkante Luke drei oder standen im Gang zwischen Lukenvorkante und Kombüse. Alle hatten sich zum Ausscheiden ein Bier aufgerissen, tranken schluckweise, schmökten und quatschten, als der Erste Offizier mit zwei Herren zu ihnen stieß.

»Das Passt ja gut, da ist ja die ganze Truppe beieinander! Hört mir kurz zu.«

Er deutete schwach mit einer Handbewegung auf die beiden neben ihm stehenden Männer.

»Diese Herren hier sind vom Gesundheitsamt, Kommune Antwerpen. Nirgendwo in den Aufbauten, Windenhäuser, Kabelgatt oder im Achtersowie im Vorschiff wurde Rattenkot, geschweige denn eine Ratte gesichtet.

Aber bei der vorläufigen Kontrolle der Luken, als sie einige Säcke hoch hoben, sprangen einige gutgenährte Tiere herum. Zudem haben die Herren auch Rattennester mit allerhand Nachwuchs unter der ersten Lage Säcke entdeckt. Mit anderen Worten gesagt, die Luken bleiben fest verschlossen. Später am Abend erwarten wir eine Gang der Kammerjäger die sämtliche Luken, Windhutzen, Risse, Löcher, also alles wo Luft entweichen könnte, verkleben. Sobald das geschehen ist, wird Gas in die Luken eingeblasen, woran die Ratten hundertprozentig verrecken werden. Wer so etwas schon einmal mitgemacht hat, der kennt ja das Prozedere. Allerdings geht hier und heute niemand ins Hotel«, dabei sah er hauptsächlich den etwas enttäuschten Zimmermann an: »wir sind in unseren Aufbauten und Kammern safe. Der Bordbetrieb läuft also wie gehabt weiter. Die Deckscrew macht heute Überstunden und geht den Kammerjägern zur Hand, sollten sie denn Manpower benötigen. Wenn alles so klappt, wie wir uns das vorstellen, gehen morgen Mittag die Luken wieder auf.

Ich wünsche einen schönen Abend!«

Paul blickte den Zimmermann strafend an: »Weißt du was Timmy! Ich bin echt enttäuscht, hatte mich schon auf einige Tage an Land gefreut.«

Der Zimmermann sah kurz auf: »Ist nun doch auch schon egal, in ein paar Tagen sind wir doch sowieso in Hamburg!«

Mittlerweile hatte sich herauskristallisiert, dass die *Clarita* nun auf Nummer sicher von Antwerpen, im Ballast nach Hamburg lief.

»Ich gehe jetzt nach Achtern, ich habe Hunger!«

Paul und Norbert nickten Fiete bekräftigend zu, als der Bootsmann angewatschelt kam. Seine dicker Bauch tauchte als erstes, um die Ecke der Aufbauten herum, auf. Er zeigte nur auf Uwe, Paul und Fiete.

»Ihr geht jetzt nach Achtern essen, in circa einer Stunde schlagen die Kammerjäger hier mit ihren Gerätschafften auf, dann geht ihr denen ein wenig zur Hand, um Mitternacht werdet ihr abgelöst. Okay?«

Alle drei nickten wortlos zustimmend.

Overtime!!!

An diesem Abend hatte sowieso keiner mehr Bock an Land zu gehen, erst mal abwarten, was hier weiterhin so abging.

Gegen 07:00 Uhr kamen sechs Mann in Overalls an Bord und schleppten lange, leichte Schläuche und diverses Material an Bord. Der Bootsmann stellte dem Vormann der Kammerjäger Paul, Fiete und Uwe vor und erklärte, dass die Drei ihnen zur Verfügung standen. Die Kammerjäger ließen ihre Schläuche im Bereich der Raumleitern in die Luken hinab, bis auf die oberste Lage des Sackgutes, in den Unterräumen.

Nachdem diese Arbeit erledigt war, wurden an allen Luken alle Stöße der Lukendeckel sowie sämtliche erkennbare Ritzen an den Luken und alle Lukeneinstiege verklebt. Das war eine langwierige Fummelarbeit, als sie damit fertig waren, hatte die Uhr schon beinahe Mitternacht.

Dann schlossen die Kammerjäger die Schläuche an Kompressoren an. An den Kompressoren befanden sich an der Seite große Gaspatronen und deren Inhalt wurde über die Kompressoren in die Luke geblasen.

Der Vormann der Ungeziefervernichter prüfte gewissenhaft den Druck an den Kompressoren und war hochzufrieden.

»Bisher ist alles dicht, wir haben nirgendwo Druckverlust zu verzeichnen, also wird das Gas auch die gewünschte Wirkung erzielen.«

»Und wann können wir wieder in die Luken, oder andersherum, wann sind die Viecher unter Garantie tot?«

Paul blickte den Vormann fragend an.

»Wenn alles so läuft, wie wir uns das vorstellen, dann könnt ihr morgen Mittag die Luken aufreißen. Seht mich nicht so entsetzt an, das Gas ist für Menschen vollkommen harmlos, allerdings gehen wir vorher in die Luken und sehen nach, ob das Gas auch richtig gewirkt hat. Ich lasse heute Nacht zwei meiner Leute an Bord, die die Kompressoren überwachen und zu einem späteren Zeitpunkt eine zweite Ladung Gas in die Luken blasen. Wir wollen ja auch auf Nummer sicher gehen.«

»Okay«, Fiete blickte beruhigt auf den Vormann: »dann sind wir jetzt ja sozusagen entlassen, oder?«

»Ja, eure Hilfe war gut, aber nun haben wir alles Weitere im Griff.«

Daraufhin begaben sich die Drei nach Achtern, tranken noch ein Bier und begaben sich dann zur wohlverdienten Ruhe.

Am nächsten Tag um die Mittagszeit, der Smutje hatte alle Bullaugen und Schotten seiner Kombüse fest verschlossen, ebenso waren alle anderen Schotten, Kammerfenster und Skylights im Mittschiffs- sowie im Achterschiffbereich gut verschlossen. Danach wurde als erstes Luke drei geöffnet, langsam, Lukendeckel für Lukendeckel rauschte in die Lukentasche. Alle hielten unbewusst den Atem an. Nur die Kammerjäger grinsten wissend, auch sie trugen keinerlei Atemschutz.

Die Luke war offen und all hands glotzten neugierig in den Unterraum, leuchteten mit starken Sonnenbrennern alles aus.

Nichts! Null Bewegung zu erkennen.

Zwei der Kammerjäger stiegen die Raumleiter hinab in den Unterraum, bewaffnet mit einem langen Haken und einem tragbaren Behälter mit Gas, an dem sich ein Schlauch mit einer feinen Düse befand.

Sie wiesen stumm auf den einen oder anderen Punkt, dort lagen verendete Ratten.

Dann hoben sie einige Säcke an, wo sie Rattennester vermuteten, aber auch in den Nestern war die Brut tot.

Somit wurde die Luke für die weiteren Löscharbeiten freigegeben und die Stauer strömten auf die *Clarita* um ihre Löscharbeiten aufzunehmen. Von den Ungezieffervernichter blieb immer eine Person in der Luke, um die toten Tiere einzusammeln und in einen Sack zu werfen.

Nach zwei weiteren Tagen war auch dieser Alptraum vergessen und die *Clarita* lief im Ballast nach Hamburg.

Nach dem Auslaufen aus Antwerpen blieb der Deckscrew nicht viel Zeit, um die Laderäume zu reinigen, in dem Mitschiffsbereich noch einmal ordentlich Farbe zu waschen und den kompletten Dampfer vom Staub und Dreck der Küstenreise zu befreien.

Aber die Jungs schafften es und der Bootsmann lobte sie tüchtig.

»Jungs, ihr habt einen super Job gemacht!«

Als die *Clarita Schröder* in **Hamburg 53° 31'16. 84« N / 09° 56'34. 49« O** einlief, sah der 1959 in Dienst gestellte Frachter beinahe aus wie neu.

Später meinten einige Inspektoren von Kuddl-Hapag: »Wir haben noch nie ein Charterschiff dieses Alters gehabt, das dermaßen gut in Schuss war!«

Und so war es dann auch, die *Clarita* ging für Kuddl-Hapag in Time-Charter. Im Hamburger Hafen am Schuppen 71 wurde festgemacht.

Am Nachmittag des Einlauftages kamen vier Mann einer Schietgang an Bord, malten den Schornstein um, verpassten ihm die Ringelsocke. Nachdem die Gang fertig war, wirkte der neu angestrichene Schornstein doch etwas fremd, irgendwie deplaziert.

Die Ringelsocke-Schornsteinmarke von Kuddl-Hapag sah so aus: Von oben begonnen, ein schwarzer Ring, gefolgt von einem weißen Ring, dann noch ein roter Ring. Der Rest des ehemals schwarzen Schornsteins erhielt einen beige-gelben Anstrich.

Es stand nun fest, dass die nächste Reise für die Reederei HAPAG verchartert war. Natürlich tauchten damit auch sogleich diverse Fragen auf.

Wohin sollte die Reise gehen?

Was und wo würde wohl geladen werden?

Dann kamen auch noch neue Leute an Bord: Ein neuer Bootsmann, Funker, Koch, Kochsmaat, Messesteward, Decksmann und ein neuer Leichtmatrose.

Tja Norbert war weg, dafür hatten sie nun zwei Leichtmatrosen, auch Klaus der Messbüdel der Mannschaftsmesse musterte nicht ab.

Also Klaus und Uwe, die beiden Strippenzieher blieben der *Clarita* erhalten und natürlich Fiete, Paul, der Blitz und einige andere mehr.

Auch die ersten Ladungsarbeiten hatten schon begonnen, am Anfang Wurde eine Partie von 4.000 Sack Zement geladen, je 2.000 Sack für Luke zwei und drei in die Unterräume.

Der neue Bootsmann stellte sich während der Kaffee Pause in der Mannschaftsmesse vor und teilte ihnen im gleichen Atemzug mit, dass die Reise nach Iquitos in Peru gehen sollte. Auf gut Deutsch, den kompletten Amazonas hinauf bis es nicht mehr weiterging. Seeschiffe von der Größe der *Clarita* könnten den oberen Flussteil auch nur im Mai befahren, weil dann dort der höchste Wasserstand des Jahres herrschte, bedingt durch die Schneeschmelze in den Anden.

Die Ladehäfen der *Clarita* sollten Hamburg und Bremen sein und geladen wurden die Einzelteile für eine komplette Bier-Brauerei. Es mussten viele der Teile an Deck gelagert werden, Kessel und so weiter, weil sie einfach zu sperrig für die Luken waren.

Es würde also sehr viel Lascharbeit anfallen. Überstunden waren schon jetzt eingeplant.

»Das war es dann fürs Erste!«

Mit diesen Worten beendete der neue Bootsmann seine kleine, aber informative Rede.

Paul blickte Fiete an: »Na, das kann ja lustig werden, wenn er immer solche Volksreden hält.«

»Ruhig Blut, Paul, erst mal schauen, wie er sich einlebt.«

Zweite Reise

MS.»CLARITA SCHRÖDER«

Amazonas

Kurs Brasiland

Die Ladungsarbeiten, auch im Hafen von **Bremen, 53° 07'11.75« N / 08° 43'42. 93« O** waren abgeschlossen und alles was sich irgendwie bewegen oder verrutschen könnte, war sicher gelascht. Mittlerweile hatte sich auch schon ein Supercargo der Reederei Hapag in der Eignerkammer auf der *Clarita* wohnlich eingerichtet und kroch überall an Deck herum. Dort hatte er dann auch so einiges zu bemängeln. Die Deckscrew stellte dann umgehend die Mängel ab.

Am meisten störte ihn an der Deckscrew, dass die Jungs während der Smoke-Time ab und an ein Bier tranken und in ihrer Ausdrucksweise auch nicht gerade immer sehr zimperlich miteinander umgingen, aber klar kamen.

Nach dem Auslaufen und seeklar machen liefen die üblichen Arbeiten routinemäßig ab: Farbewaschen, Deckaufklaren und die Wachgänger besetzten wie immer ihre Wachen. Fiete war für die 08:00/12:00 Uhr Wache eingeteilt, wieder mit dem Zweiten Offizier, genannt der »Piepstengler«.

Der neue Bootsmann war schlank von Statur, mit einem Allerweltsgesicht, bisher ein eher ruhiger Vertreter seiner Zunft, der keine Hektik verbreitete.

Die Ausreise verlief ruhig und es wurde nicht allzu viel zugetörnt. Der Seetörn bis zur Lotsenübernahme im Amazonas Delta sollte 18 Tage betragen.

Das Wetter war jetzt, Ende April, ganz brauchbar, bis zu den Azoren hatten sie etwas unruhige See und teilweise bewölkten Himmel. Aber von den Azoren, südwestwärts, besserte sich das Wetter zusehends und die Seelords konnten schon mal ihre kurzen Hosen und leichten Shirts hervorkramen.

An einem lauen Vormittag, auf der Ausreise zum Amazonas, Paul und Fiete überprüften mit dem neuen Leichtmatrosen, Ove, die Laschings an Deck auf ihre Festigkeit, zogen dabei auch einige Spannschrauben nach, während die *Clarita* auf Automatik lief und den Atlantik durchpflügte, Kurs Südwest, unterbrach Paul kurz die stoische Arbeit, indem er Fiete einige Fragen stellte. »Sag mal, hast du eigentlich überhaupt mal den Namen Iquitos gehört? Kennst du irgendetwas von Iquitos in Peru?«

»Nee, absolut noch nichts gehört von der Town. Aber vielleicht steppt da ja der Bär, mit Chance ist da richtig was los! Weißt du Paul, so ungefähr wie in Tamatave!«

»Na, das wäre ja Klasse, aber daran glaube ich nicht, Tamatave war eine Nummer für sich, die wilden Weiber, Oberklasse!«

Er verdrehte noch ein bisschen die Augen bei den kurz aufkeimenden Erinnerungen.

»Na, schauen wir mal. Abwarten und Tee trinken.«

Bei dem Nachsatz grinste er vielsagend.

Fiete überlegte kurz: ›Wer trinkt hier denn überhaupt Tee?‹

»Du, Fiete, ich weiß eigentlich nicht recht, ob es eine Scheißhausparole ist oder ob es stimmt?«

»Was denn?«

»Tja, der Supercargo soll wohl der Schiffleitung gegenüber eine ordentliche Schote abgelassen haben.«

»Was soll das heißen? Los, erzähl und lass dir nicht jedes Wort aus der Nase ziehen!«

»Mmmh, er ist der Meinung, wir, die Deckscrew, wären eine Bande von Nichtsnutzen und Suffköppen!«

»Wie kommt er denn auf das schmale Brett?«

Fiete machte ein etwas peinlich berührtes Gesicht.

»Ts, ts, wurde er denn nicht zu unserer letzten Kammerparty eingeladen? Das ist mir aber äußerst unangenehm!«

Und mit vor Ironie triefender Stimme legte er noch einmal nach: »Das tut mir aber außerordentlich leid.«

Und dann wurde er richtig unwirsch: »So ein Arsch, aber es ist noch nicht aller Tage Abend, also lass uns abwarten, wie er sich im Laufe der Zeit entwickelt. Was bildet der sich eigentlich ein, nur weil wir die Ringelsocken am Schornstein haben, müssen wir auch Hapag-Style fahren?!? Da hat er sich aber bös geschnitten.«

»Dafür werden wir ihm noch richtig einen geigen, darauf kannst du dich verlassen.«

Nun kam Ove direkt auf Fiete zu und sprach ihn an: »Du, Fiete, der Scheich lässt fragen, ob du heute Nachmittag zutörnen willst?«

Das ist ja ganz was Neues, hat der Bootsmann jetzt schon einen Adjutanten? Warum fragt er nicht selbst? Warum schickt er den Leichtmatrosen?

»Ja, würde ich schon. Was liegt denn an, hat er dir das auch schon gesagt?«

»Okay, ja, hat er mir auch schon aufgetragen.

Paul, du und ich, wir sollen nach der Mittagspause im Kabelgatt die Fußblöcke, Schäkel, Stander, Strobben und alles Zubehör, welches für das Arbeiten mit dem Schwergutbaum benötigt wird, auf Vordermann bringen. Da in Iquitos keine Kräne für schwere Lasten zur Verfügung stehen, die solche Collis, wie wir sie hier an Deck haben, bewegen können.«

»Okay, das kriegen wir schon hin. Du kannst dem Bootsmann gerne ausrichten, er solle beim nächsten Mal nicht seinen Lakai schicken, sondern kann ruhig mit uns persönlich sprechen.

Ove, das geht nicht gegen dich.

Oder hat der Macker Komplexe?«

Fiete sah Paul an: »Vielleicht sollten wir selbst mit ihm schnacken.«

Ove wand sich derweil wie ein gefangener Aal, die Situation war ihm sichtlich peinlich und dabei suchte er verzweifelt nach der richtigen Antwort.

»Tja, ich weiß nicht so recht, aber ich gebe es weiter. Ich wollt ihm ja nur mal eben einen Gefallen tun, weil er doch so viel zu erledigen hat.«

Paul und Fiete sahen sich zuerst etwas verblüfft an, ob Oves Antwort, dann brachen die Beiden in schallendes Gelächter aus. Unter Prusten meinte Paul, der sich immer noch nicht einkriegte: »Der arme Kerl hat ja so viel zu erledigen, ich lach mich tot.

Du, solche Schoten hat nicht mal der ehemalige Scheich gebracht und dieser ist noch nicht einmal richtig an Bord!

Komm Fiete, wir gehen essen, das muss ich erst verdauen.«

»Gut, geh man schon, ich muss noch kurz auf die Brücke«, und schon war er auf den Weg dorthin.

Vor einiger Zeit hatte er schon die 12:00/04:00 Uhr Wache geweckt.

Auf der Brücke ging er zum Zweiten Offizier, um sich abzumelden. Dieser hatte aber noch einige Fragen.

»Na, Fiete, wie sieht es aus? Alle Laschings tight?«

»Ja, war ja keine große Aktion, wenig Lose in den Drähten.«

»Naja, war vielleicht nicht zwingend notwendig, aber sicher ist sicher.«

»Die Wettervorhersage teilt uns ruhiges, warmes Wetter mit.

In zwei Tagen haben wir unseren Seetörn bereits hinter uns und sind beim Lotsen im Amazonasdelta.«

Fiete sah kurz auf zum Zweiten und fragte fast nebensächlich: »Wie lange werden wir wohl den Rio Amazonas rauf bis Iquitos benötigen?«

»Tja, das kommt ganz auf die Strömung im River an und ob sich Probleme auftun.

Ich würde sagen, rein rechnerisch, so um und bei sechs Tage. Gute zwei Tage benötigen wir schon von der Lotsenaufnahme im Delta bis zum Lotsenwechsel in Manaus.«

»Ankern wir denn abends oder machen wir day and night service und fahren durch?«

»Diese, deine letzte Frage wollte ich gerade erläutern. Also, wir fahren Tag und Nacht, haben dann ja gute Lotsen und es wird die komplette Zeit von Hand gesteuert, Stunde um Stunde. Das soll heißen eine Stunde am Paddel, eine Stunde Ausguck und immer so weiter!«

»Okay, das ist ja kein Ding, sind ja alle schon befahren.

Denn man gute Ruhe.«

Fiete hob seine Hand zum Zeichen der Verabschiedung, verließ die Brücke, um sich nun auch nach Achtern zum Essen in die Mannschaftsmesse zu begeben.

Rio Amazonas

Zwei brasilianische Fluss-Lotsen hatte die *Clarita* im Amazonasdelta bereits an Bord genommen und weiter ging die Reise, setzte sich fort auf dem Rio Amazonas.

Den Beginn des Rio Amazonas konnte man deutlich erkennen, weil sich die lehmigen Fluten des Flusses mit dem Blau des Atlantiks vermischten. Denn das Delta betrug in seinen Ausläufen circa 250 Kilometer.

Man sah ab und an mal schwimmende Inseln, die den Fluss gemächlich hinab trieben und im Dunst des Horizontes waren die Ränder des Regenwaldes zu erahnen, was sich aber bald verändern sollte.

Der Dschungel Amazoniens.

Die *Clarita* durchpflügte die lehmigen Fluten des Rio Amazonas mit maximal 12 Knoten, kam trotzdem gegen die Strömung des Flusses gut voran.

Paul, Fiete und Ove hatten mittlerweile sämtliches Zubehör, das für das Arbeiten mit dem Schwergutspargel von Luke zwei benötigt wurde, überholt und kontrolliert. Alles war gut geölt und gefettet. Es stand also dem Riggen des Schwergutbaumes in Iquitos nichts mehr im Weg.

Die Tage auf dem River Amazonas vergingen wie im Fluge und das Hauptaugenmerk lag auf den Rudergängern der Wachen.

Dann verfärbte sich plötzlich die rechte Seite des Rio Amazonas beinahe schwarz. Die *Clarita* näherte sich der Mündung des Rio Negro, dem schwarzen Fluss, an dem die Urwaldstadt Manaus lag. Hier, auf der Höhe der Mündung des Rio Negro sollte auch der Lotsenwechsel stattfinden.

Leider konnte man von der *Clarita* aus nicht sehr viel von **Manaus**

03° 08'52. 55« S / 59° 53'43. 49« W erkennen, es verschwamm alles im feuchten, diesigen Dunst des Regenwaldes.

Der Rio Negro erscheint wegen seines sehr hohen Gehalts an Huminsäuren und Fulvosäuren, die vom Regen in seinem Einzugsgebiet aus dem stark ausgelaugten, sandigen Böden der Terra Firme gewaschen worden sind, schwarz. Das Schwarzwasser ist zwar stark gefärbt, aber durchsichtig, weil es keine Schwebeteilchen enthält.

Hier fand nun der Lotsenwechsel statt, die ersten beiden Flusslotsen gingen von Bord und die beiden neuen kamen. Der Lotsenwechsel ging problemlos von Statten.

Ohne großartig an Fahrt einzubüßen, zog die *Clarita* weiter, den immer enger und kurviger werdenden Flusslauf folgend Richtung Iquitos.

Für ein Seeschiff wie die *Clarita* mit ihren 7.190 tdw, 115 Metern Länge und 7 Meter Tiefgang war in Iquitos auch Schluss, weiter ging für sie da nichts mehr.

Ove und Fiete arbeiteten derweil auf dem Bootsdeck an den Davids des Backbordrettungsbootes. In Farbe gebracht worden war ja alles schon während der letzten Reise, aber nun musste auch die Funktionalität geprüft werden. Was sich naturgemäß immer etwas problematisch darstellte solange das Schiff in Fahrt war. Aber das Rettungsboot war gut gesichert, es konnte also gar nichts schiefgehen.

Sie labsalbten die Drähte, überprüften den Inhalt des Rettungsbootes, ob alles noch vollzählig war oder ob vielleicht Überlebensrationen vom Datum her abgelaufen waren.

Plötzlich stieß Fiete Ove mit dem Ellenbogen in die Rippen.

»Da! Hast du das gesehen?«

Ove starrte ihn etwas merkwürdig an, er wusste nicht was gemeint sein sollte und warum. Er war auch zu stark in seine Arbeit vertieft gewesen. Seine Stimme verriet dementsprechend auch nur mäßiges Interesse.

»Was ist denn? Was soll ich gesehen haben?«

»Sieh mal, dort hinten in der Ecke, da sitzt doch ein Tier? Oh, Scheiße! Nicht schon wieder Ratten! Siehst du es nun? Wie träge es sich dort hinten hin und her bewegt!«

Und wie zu sich selbst: »Eine Ratte ist das nicht, viel zu langsam und behäbig.«

Fiete blickte Ove mit weit geöffneten Augen an und wies wieder auf eine Stelle auf dem hellen Holzdeck, in der Nähe der Aufbauten.

»Tatsächlich! Jetzt sehe ich es auch. Was kann das denn sein?«

Ove wirkte mit einem Mal hellwach und interessiert. Behände flankte er übers Geländer unter dem Rettungsboot und flotten Schrittes bewegte er sich auf das Wesen zu, welches seinerseits, schwerfällig auf den hellen, sauberen Holzplanken des Bootsdecks entlangschlich.

Mit unglaublich leiser Stimme äußerte er sich dann: »Ich glaube das nicht, es ist ein Chamäleon.«

Beinahe ehrfürchtig betrachtete er das Tier.

»Du tickst doch nicht mehr ganz sauber!«

Langsam näherte Fiete sich dem am Boden hockenden Leichtmatrosen und blickte ihm über die Schulter.

»Donnerlittchen, so etwas habe ich bisher nur auf Bildern gesehen.«, entfuhr es Fiete: »Wie kann der Kollege denn überhaupt hier auf das Bootsdeck gelangen?«

»Erinnere dich doch mal«, versuchte Ove, sich selbst die Frage zu beantworten: »wir passierten vorhin doch eine Flussbiegung und dort standen einige Bäume mit weit ausladenden Ästen in nächster Nähe des Ufers. Kann doch sein, dass er dort von einem der Äste gefallen ist?«

»Leben Chamäleons denn auch in Bäumen?«

»Weiß ich nicht, aber schätze mal ja. Ansonsten gibt es keine logische Erklärung, fliegen kann er ja auf sicher nicht.«

»Na, davon gehe ich auch aus. Ich besorge mir in der Kombüse einen Karton oder irgendetwas Ähnliches und vom Smut einige Salatblätter. Mal schauen, ob er uns damit erhalten bleibt.«

An manchen Stellen ragt der Regenwald schon weit in den Rio Amazonas hinein.

Fiete trabte los, auf Kartonsuche. Die Arbeit war nun zur aktuellsten Nebensache geworden. Achterkante Aufbauten, vor der Kombüse, traf er auf Paul.

»Eh Paul, wir haben auf dem Bootsdeck ein ausgewachsenes Chamäleon entdeckt!«

Er musste die Neuigkeit sofort weitergeben.

»Muss ich mir anschauen. Wer achtet denn auf das Tier? Ich meine damit es nicht abhaut?«

»Ove, ich besorge einen Karton und einige Salatblätter.«

»Okay, wir treffen uns auf dem Bootsdeck.«

Fiete sprach mit dem Smutje, erklärte ihm kurz die Sachlage und augenblicklich bekam er einen Karton mittlerer Größe und einige große Salatblätter. Im Nu war er wieder mit seinen Utensilien auf dem Bootsdeck bei Ove und dem Chamäleon, zu dem sich nun auch Paul gesellt hatte. Er grinste verschmitzt und meinte: »Wir sollten ihm einen Namen geben! Ich glaube ›Johnny‹ wäre gut!«

Ove grinste ebenfalls: »Wenn du meinst, okay, wird ihn aber sicherlich nicht besonders interessieren.«

So fummelten sie noch einige Augenblicke herum, das Chamäleon hatte sich währenddessen allerdings im Karton nicht von der Stelle gerührt und auch keines der Salatblätter angerührt.

»Okay«, nun hatte Fiete genug: »komm Ove, wir erledigen jetzt den Rest unserer begonnen Arbeit. Vielleicht benötigt das Vieh auch nur etwas Ruhe und Einsamkeit.«

Er trank den Rest seines Bieres aus und dann widmeten sie sich wieder ihrer Arbeit an den Davids des Backbordrettungsbootes. Zum Ausscheiden kam Paul noch einmal auf das Bootsdeck und blickte interessiert in den Karton, sah Fiete und Ove an.

»Aber gefressen hat ›Johnny‹ ja wohl überhaupt noch nichts. Hat er sich denn schon einmal bewegt, seit dem er in dem Karton ist? Vielleicht ist er auch schon lange tot? Konnte die Umsiedlung nicht ab.«

»Ach was, Blödsinn«, entgegnete Fiete daraufhin mit belegter Stimme.

»Was ist«, Paul blickte zu Fiete hoch: »hast du schon zu viel Bier? Denk dran, du hast noch Wache! Jetzt gehen wir erstmal essen. Du gehst am besten erstmal unter den Strahl und duscht zwei – dreimal eiskalt, sofern das möglich ist. Macht dich vielleicht wieder etwas fit. Dann bist du auf alle Fälle wieder einigermaßen frisch. Und sollte ›Johnny‹ später immer noch bewegungslos im Karton liegen, dann bekommt er eine ordentliche Seebestattung.«

Nach dem Abendessen, Fiete hatte sich wieder einigermaßen im Griff, gingen Paul, Ove und er den Niedergang hoch zum Bootsdeck. Allerdings herrschte in dem Karton absolute Starre. Nichts bewegte sich.

»Das habe ich mir schon gedacht und deshalb ein langes, dünnes Stück Schiemannsgarn mitgebracht. Damit lassen wir den Karton jetzt zu Wasser. Ich glaube diese Art Tiere können sich in besonderen Situationen totstellen! Total sicher bin ich mir da aber nicht.«

Das Schiemannsgarn war befestigt. Alle standen am Heck als Paul den Karton mit dem Chamäleon wegfierte. Als der Karton kurz über der Wasseroberfläche des Rio Amazonas baumelte, ließ er das Schiemannsgarn los und der Karton klatschte aufs Wasser, schaukelte bedenklich im Schraubenwasser der **Clarita**, kenterte aber nicht und trieb langsam Achteraus.

Genau in dem Augenblick schoss eine oberarmdicke Wasserschlange durch die lehmigen Fluten des Rio Amazonas, genau auf den Karton zu. Alle auf dem Achterdeck beobachteten das Schauspiel und hielten den Atem an. Dann hob die Schlange langsam ihren Kopf aus dem Wasser, um zu erkunden was es mit dem Karton auf sich hatte, nur ihr Interesse schien sofort zu versiegen und dann konnte man sie in Richtung Ufer davonschwimmen sehen.

Fiete machte mit der rechten Hand eine Bewegung zum Kopf, so etwas wie ein letzter Gruß und murmelte vor sich hin.

»›Johnny‹, gehab dich wohl, soweit das noch möglich ist.«

Er hob seine Flasche Bier und hielt sie hoch, in Richtung des verschwindenden Kartons: »Prost, mein Junge!«

Paul stieß ihm kräftig seinen Ellenbogen in die Rippen: »Mensch, Fiete, hör auf zu saufen, du musst in kurzer Zeit auf Wache!«

»Ach, Arschlecken! Hier sind doch alle am Feiern!«

»Richtig, aber die haben auch keine Wache mehr! Und denk dran, morgen Vormittag laufen wir in Iquitos ein!«

»Scheiß drauf!«

Und dann kam das dicke Ende, genauso wie Paul es schon erahnt hatte.

Fiete begab sich zu Wachbeginn zum Steuern auf die Brücke.

Der Kapitän war auch anwesend und unterhielt sich mit den Lotsen, als er Fietes ansichtig wurde, meinte er nur ganz kurz angebunden: »Fiete, geh augenblicklich wieder runter und sage dem Bootsmann er soll mir unverzüglich einen nüchternen Rudergänger hochschicken und wenn er keinen findet, soll er hier selbst antanzen!«

Ohne ein Wort des Protestes verließ Fiete, schuldbewusst, auf leicht wackeligen Beinen die Brücke und informierte den Bootsmann auf dem Achterdeck Wort für Wort.

Der fiel aus allen Wolken und hatte sofort einen dicken Hals, war stinkig bis zum Anschlag.

Doch einer der Tagelöhner klopfte Fiete auf die Schulter und sagte: »Ich gehe hoch, ich steure für dich. Aber das kostet dich Einen!«

»Okay«, murmelte Fiete oberflächlich und kippte schon wieder ein Bier in sich hinein.

Paul sah ihn nur noch kopfschüttelnd an.

»Menschenskinder Fiete, was ist eigentlich los mit dir? So kann das nicht weitergehen!«

Genau in diesem Augenblick stürzte sich der Bootsmann, wie ein wütender, wildgewordener Stier, wutschnaubend auf Fiete. Er umklammerte sofort mit beiden Händen dessen Hals, ohne dass Paul eine Chance hatte, ihm zuvor zu kommen, um ihn noch rechtzeitig abzuwehren.

Daraufhin wurde es um Fiete herum Nacht, pure Dunkelheit.

Iquitos

Die Gründung der Stadt Iquitos in Peru geht zurück ins Jahr 1750. Sie wurde als Mission von Jesuiten gegründet. Ursprünglich war sie Verteidigungsbastion gegen die Indios, die sich ihrer Bekehrung widersetzten. Der Kautschukboom zwischen den Jahren 1870 und 1880 brachte **Iquitos 03° 24'01. 36« S / 73° 14'03. 79« W** wirtschaftlich stark nach Vorn.

Im Jahre 1973 hatte Iquitos um und bei 100.000 Einwohner.

Die Stadt war nur zu Wasser, über den Rio Amazonas oder aus der Luft mit einem Flugzeug zu erreichen.

Früh am nächsten Morgen wachte Fiete auf und wusste nicht mehr, wie er in seine Koje gekommen war. Er erinnerte sich sehr dunkel daran, dass der Kapitän ihn von der Brücke geschickt hatte und den Angriff des Bootsmannes auf dem Achterdeck.

Danach hatte er keine Erinnerungen mehr. Er befühlte seinen Hals, hatte starke Halsschmerzen. Wo er die her hatte, wusste er allerdings auch nicht.

Es klopfte an die Kammertür, er öffnete und der Wachgänger stand im Türrahmen, blickte ihn an.

»Klar Vorn und Achtern! Na, bist du wieder unter Menschen?«, war die, für Fiete äußerst merkwürdige Frage, die er absolut nicht verstand und er sagte mit rauer Kehle: »Alles klar, bin gleich an Deck.«

Er blickte auf seine Armbanduhr, es war kurz vor 07:00 Uhr.

Noch schnell in die Messe, eine Mugg heißen Kaffee, der fürchterlich in seinem Hals brannte, dann ging er auf Manöverstation. War ja nicht weit, er war Achtern Springmann.

Als er das Achterdeck betrat, musterte ihn der Bootsmann mit einigen sehr eigentümlichen Blicken, sagte aber außer »Moin!« nichts und hielt sich auf Distanz.

Fiete machte seine Wurfleine klar und dann warteten sie auf den Schlepper. So etwas sollte es hier oben, am Ende der Welt und den Anfängen des Rio Amazonas, tatsächlich geben. Ove und der Decksmann Jochen hatten die Festmacherleinen schon klariert.

Da kam Ove zu Fiete und blickte ihm offen und neugierig ins Gesicht, so, wie es nun mal seine Art war.

»Du erinnerst dich wohl an gar nichts mehr?«

»Nee, absolut nicht«, krächzte Fiete: »habe nur abartige Halsschmerzen. Ich meine ich hätte nur Bier getrunken.«

»Hast du auch«, beschwichtigte Ove verschmitzt: »aber die Ursache für deine Halsschmerzen steht dort am Kontroller, die verdankst du dem Scheich, der hat dich nämlich ziemlich deftig gewürgt, weil der Spacken meinte, er müsse deine Wache übernehmen. Aber Paul hat ihm von hinten dermaßen auf den Schädel gehauen, sodass er dann von dir abließ. Wir haben dich dann in die Koje verfrachtet und ab und an noch mal nach dir gesehen, ob du noch zuckst. So wie es aussieht, hast du ja die Nacht gut überstanden, Unkraut vergeht eben nicht. Unter uns, ich möchte dir mal, obwohl ich der Jüngere bin, einen guten Tipp geben! Hör mit dem Saufen auf, tritt ruhig etwas kürzer, sonst handelst du dir hier bestimmt noch einen Haufen Ärger ein.«

Obwohl Ove vom Alter her um etliches Jünger war und als Leichtmatrose in der Rangordnung unter Fiete stand, hatte er ihm doch sehr interessiert zugehört und die Ohren gespitzt, war dabei zusehends ruhiger geworden.

»Ja, vielleicht hast du Recht, Zeit für einen generellen Alkoholstopp!«

Plötzlich schallte die Stimme des Bootsmannes durchdringend übers Achterdeck: »Hallo Jungs! Achtung, Schlepper Achtern!«

Sofort hatte sie die Alltagsroutine wieder eingeholt, die **Clarita** ging an die Pier. Dann flog auch schon der Knoten mit der ersten Wurfleine hinüber zu den Festmachern an Land.

Achterleinen und Achterspring fest, die restlichen Leinen sauber aufgeklart. Achtern war alles fest und fertig.

Es waren die hundertfach gemachten Handgriffe, alles ging routinemäßig seinen Gang und niemand kam zu Schaden, weil die Jungs immer gut zusammen und mit Übersicht arbeiteten.

Fiete, Ove und Decksmann Jochen trabten nach Mittschiffs, um die Vorgang beim Ausbringen der Gangway zu unterstützen.

Das hatten die Jungs von Vorn allerdings schon erledigt, also blieb ihnen nur noch, die Netzbrook unter der Gangway anzubringen. Sicherheit musste sein. Dann war plötzlich auch der Bootsmann unter ihnen und begann ohne Umschweife zu reden.

»Gangway fertig? Okay! Dann geht ihr jetzt alle frühstücken und danach wird unverzüglich der Jumbo geriggt.«

Und nur für Fietes Ohren bestimmt, etwas leiser: »Sobald das Geschirr steht, gehst du hoch zum Alten, er möchte sich etwas mit dir unterhalten.«

Damit war die kurze Ansprache des Bootsmannes beendet und er wendete sich ab, eine Antwort hatte er sowieso nicht erwartet. Ob Fiete ihn verstanden hatte, interessierte ihn auch nicht sonderlich.

Es wurde in aller Ruhe ordentlich gefrühstückt, danach noch ein gemeinsamer Smoke auf dem Achterdeck und dann war die Deckscrew bei Luke zwei und machte den Schwergutbaum klar für die Löscharbeiten, für die dicken, schweren Colli.

Alles lag bereit und musste nur in die richtigen Positionen gebracht werden: Schäkel, Fußblöcke, Drähte, Stander, Geien.

Die Jungs mussten den Runner des Schwergutbaumes auflaufen lassen, sauber, Törn für Törn auf die Windentrommeln. Das komplette, laufende Gut war mehrfach geschoren und lief nun durch mehrschappige Blöcke.

Zum Schluss wurden noch zwei Runner als Geien geschoren und an verschiedenen Positionen an Deck eingeschäkelt, sie liefen über die beiden Winschen Vorkante Windendeck. Es war alles so vorbereitet, sodass die Colli zur Wasserseite auf Bargen gelöscht werden konnten.

Nach circa drei Stunden war alles erledigt und der Löschbetrieb startete, der erste Kessel wurde angeschlagen, langsam hievte Paul den übergroßen Kessel hoch und dann schwebte er über dem Deck.

Die Winschen liefen unter Höchstlast, die Runner knirschten auf den Windentrommeln beim Auf- und Ablaufen. Die Geien brachten durch gleichmäßiges Hieven und Fieren den Schwergut Baum über der Barge in Position, um den ersten Colli abzusetzen.

Fiete hatte gewartet bis die erste Hieve, der erste Schwergut Colli von Bord war. Alles klappte wunderbar und die Winden brummten fast unter der Belastung. Dann ging Fiete die Stufen der Niedergänge hoch zum Kapitän, zum Gespräch. Allerdings verlief das Gespräch mit dem Kapitän dann doch angenehmer, als er es zuerst befürchtet hatte.

Er bekam noch keine Tagebucheintragung, dafür aber eine sehr ernstzunehmende Ermahnung, bei der es der Kapitän im Moment beließ. Dafür sprach er ein einwöchiges, striktes Alkoholverbot aus, womit Fiete an und für sich gut leben konnte.

Er hatte sich schon nach dem ernsten Gespräch mit Ove am frühen Morgen dazu durchgerungen, vorerst keinen Alkohol, egal in welcher Form, mehr zu sich zu nehmen. Aber, und so lauteten die letzten eindringlichen Worte des Kapitäns: »Sollte sich während der Liegezeit in Iquitos oder auf der Heimreise auch nur irgendetwas ereignen, dann bekommst du in Bremen einen fristlosen Sack. Und schönen Gruß auch noch an die anderen Mitglieder eurer Clique, ich habe mittlerweile alle auf dem Zettel, also macht eure Arbeit und haltet den Ball flach. Verstanden?«

Fiete hatte verstehend genickt und dann kleinlaut den Salon verlassen.

An Deck und in den Luken herrschten mittlerweile emsige Entladetätigkeiten und die Winden surrten unter höchster Belastung.

Jetzt wurden die Bauteile auch zur Kaiseite hin gelöscht, sollten dort vorerst gelagert werden. Der ungeliebte Supercargo wieselte überall an Deck herum und gab überall seinen Senf dazu. Ein einziger Störfaktor.

Unter Erstaunen hatte Fiete festgestellt, dass die erste Barge an der Wasserseite von der Schweizer Speditionsfirma Pan Alpina war. Es wunderte ihn, hier am Arsch der Welt eine europäische Spedition in Aktion zu sehen.

Fiete löste Paul an den Kontrollern des Schwergutbaumes ab und winschte Hieve um Hieve sperriger Güter auf die an der Wasserseite liegende Barge. Zwischen den Kontrollern auf dem Windendeck stand eine Pütz mit Eis, in dem schwammen etliche Flaschen Holsten Bier.

Er hatte dafür allerdings keinen Blick und auch keinen Bedarf. Er bekämpfte seinen Durst heute mit Kujampelwasser.

Ein Weißer, sehr ordentlich gekleidet, war ihm schon einige Male aufgefallen, weil er von Luke zu Luke ging und neugierig in die Luken blickte, dabei hielt er eine Kladde mit Papieren in den Händen. Von Zeit zu Zeit unterhielt er sich mit dem Ersten Offizier oder dem Supercargo.

Dieser Typ interessierte Fiete und sobald er seinen Windentörn beendet hatte, wollte er mal schauen, wer das wohl war.

Kurz darauf kam Paul und löste ihn ab, also hatte er etwas Muße, er zündete sich einen Glimmstängel an, wischte sich noch einmal mit dem Schweißtuch den hier ewig strömenden Schweiß vom Kopf und aus dem Gesicht.

Die knapp 32 Grad im Schatten und hohe Luftfeuchtigkeit ließen den Schweiß andauernd in Strömen rinnen. Er stellte sich locker in die Nähe des Typen und blickte interessiert über die Lukenkimming in die Luke.

»Hallo«, begann der Fremde zwanglos: »gehören Sie zur Besatzung? Ich habe gesehen, wie sie die Kontroller bedient haben. Sehr umsichtig und routiniert, nicht schlecht.«

»Vielen Dank für die Blumen. Wenn ich nicht zur Besatzung gehören würde, na, dann würde ich wohl kaum Winde fahren!«

Fiete blickte ihn ziemlich skeptisch an.

›Achtung Fiete! Der Honigquast, hier ist doch irgendetwas im Busch!‹

Und Fiete dann weiter: »Ja, ich fahre hier als Matrose.«

»Tja«, meinte der Typ dann nachdenklich: »die Besatzungsmitglieder sehen ja zum Teil ziemlich verwegen aus. Ich bin übrigens der Vertreter, der hier tätigen Spedition und überwache die Löscharbeiten. Außerdem koordiniere ich den Weitertransport der Bauteile auf den Bargen. Gute Leute werden natürlich immer und überall benötigt!«

»Damit könnten Sie Recht haben.«

›Wie meinte er das, gute Leute werden überall gebraucht?‹

»Wissen Sie«, begann nun wieder der Speditionsmensch: »die vollbeladen Bargen mit den diversen Bauteilen der zukünftigen Brauerei werden noch weiter den Fluss hinauf transportiert, bis zum Endpunkt der Schiffbarkeit. Dort wird dann alles auf Trucks verladen.«

Und dann rückte er mit der Sprache heraus.

»Ich benötige noch einige pfiffige Jungs als Truck-Driver!«

›Was wird das denn jetzt? Nun aber auf der Hut sein!‹

Fiete blickte sein Gegenüber fragend-nachdenklich an.

»Möchten Sie mich hier abwerben oder was soll das werden?«

Aber der Speditionsmensch war absolut selbstsicher und fuhr unbeirrt fort.

»Du und ein, zwei deiner Kumpel, ihr seid doch sowieso alle Abenteurer, kommt in ein, zwei Tagen zu einem Treffpunkt, den ich dir noch mitteile und dann geht die Reise los.«

»Wie stellen Sie sich das vor? Wie soll das funktionieren, von uns hat hier bestimmt keiner einen Führerschein für ein Auto, geschweige dann für einen Truck.«

Nun ging der Typ richtig in die Vollen und mit dem Brustton der Überzeugung fuhr er fort: »Überhaupt kein Problem, ihr macht einen 7-tägigen Crashkurs. Glaub mir, dann seid ihr hier im Regenwald die besten Truck-Driver ever! Und noch Eins, sobald ihr am Treffpunkt seid, gibt es für jeden von euch 2.000 US-Dollar Handgeld. Das ist doch was oder?«

Fiete überlegte kurz.

»Hört sich ja ganz gut an, da wäre ich nicht abgeneigt. Das muss ich allerdings erst einmal mit meinen Mackern beschnacken.«

»Okay, alles klar, verstehe ich. Keine Hektik, das Entladen dauert ja noch etwas an.«

Er nestelte an seiner Hemdtasche und entnahm eine Visitenkarte.

»Hier, meine Karte, damit ihr wisst, mit wem ihr es zu tun habt.«

»Okay, Danke!«

Fiete steckte die Visitenkarte in eine Tasche seiner kurzen Hose und begab sich nach Achtern.

Es stand nur noch das Ausscheiden und danach das Abendessen auf dem Tagesplan, in der Nacht wurde in Iquitos nicht gearbeitet.

Fiete fand Paul in der Messe an ihrem angestammten Platz. Er blickte ganz kurz von seinem Teller auf und meinte trocken:

»Gestern Abend habe ich dir wohl ordentlich den Arsch gerettet!«

»Ja, habe ich schon gehört. Vielen Dank noch einmal für deinen tatkräftigen Einsatz.«

»Mannomann, ich dachte schon der Scheich macht dich alle!«

»War es denn wirklich so schlimm? Ich habe absolut nichts mehr gecheckt!«

»War wohl schon etwas knapp, so ein Pannemann. Der kann doch nicht mehr ganz dicht sein. Der ist ja richtig gefährlich.«

Da sie zu diesem Zeitpunkt allein an der Back waren, beugte sich Fiete zu Paul hinüber und erzählte ihm die Story von der Offerte des Speditionsfritzen.

»Ich meine«, äußerte Paul daraufhin: »das Angebot ist ja gar nicht so schlecht. Hier ist im Augenblick sowieso leicht die Kacke am Dampfen, da bietet sich diese Chance ja förmlich an. Allerdings machen wir gerade Übermorgen einen Ausflug mit Einbäumen in die Mangrovensümpfe! Ich meine, nur wer will.«

»Okay, schauen wir mal. Aber wie gesagt, überleg es dir.«

»Alles gut.«

Der Supercargo hatte der Deckscrew eine Kiste Bier spendiert, weil es mit der Entladung der Schwergut-Colli so einwandfrei geklappt hatte. Leider hatte er sich ja schon im Vorwege sehr abfällig über die Jungs von Deck geäußert, sodass keiner der Seelords Bock auf sein Bier hatte. Alle waren dafür, die Kiste abzulehnen. Sehr spät am Abend stand die Kiste dann auch mit unberührtem Inhalt vor seiner Kammertür.

Ein neuer Tag und die Löscharbeiten setzten sich fort, alles lief problemlos. Fiete war für die Deckswache eingeteilt. Er hatte sich zwischenzeitlich auch schon für den Ausflug in die Mangrovensümpfe angemeldet.

Nun stand er in der Gangbord, nahe der Gangway und schaute neugierig an Land. Dort war ihm schon seit einiger Zeit ein Männchen aufgefallen, das dort hin und her wuselte. So ein richtiges Hutzelmännchen, so wie es aussah, musste es schon ziemlich alt sein.

Irgendwann nahm es seinen ganzen Mut zusammen und stiefelte die Gangway hoch, ging an Bord und blieb vor Fiete stehen.

Es war ein total verhärmter, älterer Mann, mit einem braunen wettergegerbten Gesicht, durchzogen von unzähligen Falten. Gekleidet war er wie ein Einheimischer, wie ein Indio.

In der Gangbord stehen geblieben sah er Fiete ernst mit seinen dunkelgrauen Augen an und als er den Mund aufmachte, da hätte es Fiete fast umgehauen.

»Ist das ein deutsches Schiff?«, fragte er Fiete in einem Mischmasch aus Bayrisch und Hochdeutsch.

Fiete konnte vorerst vor Staunen nicht mehr seinen Mund schließen und nickte nur bejahend.

Inzwischen waren Ove und der Decksmann Jochen zu ihnen gestoßen und auch sie staunten nicht schlecht. Das Hutzelmännchen räusperte sich und die Drei erwachten aus ihrer Starre, auch, weil das Hutzelmännchen eine Frage stellte: »Dann habt ihr doch bestimmt 'ne Buddel Hamburg Water für mich?«

Fiete nickte und zu Ove: »Geh mal zum Koch und hol dem Mann eine eiskalte Flasche Holsten!«

Ove ging und war im Handumdrehen mit zwei Flaschen Bier zurück. Der alte Beachcomber nahm einen ordentlichen Schluck aus der Buddel. Alle Achtung, ein kräftiger Zug, den der Mann am Leibe hatte. Dann begann er zu erzählen:

»Ich lebe schon ungefähr dreißig Jahre hier, in Iquitos und Umgebung. Ursprünglich komme ich aus Bayern, hier habe ich in der Zeit schon drei Indio-Dialekte gelernt und kann sie natürlich auch anwenden. Bei einem der Indiostämme habe ich fünf Jahre im Regenwald gelebt.«

Aber dann haute er richtig Einen raus.

»Der Stamm bei dem ich zuletzt gelebt habe, die haben mir auch die

Fertigkeit, einen Schrumpfkopf herzustellen, beigebracht und natürlich allein im Regenwald zu überleben.«

Daraufhin blickten sich alle Anwesenden irgendwie scheel an und Paul, der inzwischen auch dazu gestoßen war, meinte nur: »Okay, mein Jung, war nett mit dir, trink man noch ein Bier, aber dann musst du wohl auch wieder an Land, für uns hat jetzt unser Bootsmann noch Einiges.«

Das war's, kurze trockene Verabschiedung, das mit den Schrumpfköpfen war dann doch zu harter Tobak gewesen.

Obwohl der peruanische Indio aus dem Bayernland den Jungs noch einige wertvolle Tipps für ihre zukünftigen Landgänge gegeben hatte, blieben alle an Bord beisammen, hockten auf dem Achterdeck und tranken gemütlich bei guter Stimmung einige Biere. Allerdings ohne den Bootsmann und Fiete saß zwischen ihnen, nuckelte versonnen an einer Coca Cola. Was ihn nicht in Hochstimmung versetzte, ihn aber auch nicht ärgerte. Alkoholverbot blieb Alkoholverbot und er wollte sich auf gar keinen Fall noch mehr Ärger mit dem Alten einhandeln.

Am frühen darauffolgenden Morgen wurden sechs Leute der *Clarita* von einem Veranstalter zu einem Ausflug in die Mangroven Sümpfe abgeholt. Unter ihnen weilte auch Fiete.

Sie wurden mit einem Kleinbus zur Sammelstelle in die Stadt gefahren, dort sollten einige der frühen Touristen Iquitos mit ihnen zusammentreffen, die erstmals diese Tour gebucht hatten.

Irgendwie musste Fiete, er konnte später nicht mehr nachvollziehen was ihn da geritten hatte, in das Büro des Veranstalters gehen und die erste Dame, deren er habhaft werden konnte, fragte er ganz unverblümt und frei heraus, wo er denn einen originalen Schrumpfkopf erwerben könnte.

Als die junge Dame endlich vollkommen begriffen hatte, was der junge Seemann mit dem spärlichen Haarschopf von ihr wollte, da quollen ihr beinahe die Augäpfel aus den Höhlen.

Wutentbrannt, warum auch immer, machte sie mit dem ausgestreckten Arm nur eine einzige Bewegung und die zeigte in Richtung Ausgangstür.

»Raus!«

Fiete fügte sich und ging zurück zu seiner Gruppe.

Später am Tag fragte er den Führer ihrer Gruppe, warum die Dame denn so wütend auf seine Frage reagiert habe. Was er ihm auch sogleich erklärte. Schrumpfköpfe anzufertigen, ist schon vor längerer Zeit von der Regierung verboten worden. Einige Indiostämme praktizieren diese Art der Tradition wohl noch, aber illegal. Trotzdem tauchen immer wieder auf dem Schwarzmarkt Schrumpfköpfe auf und wurden dort zu Höchstpreisen gehandelt. Aber angeblich wusste der Führer nicht wo. Damit war das Thema für ihn abgehakt.

Fiete versuchte es noch einmal, hinsichtlich des Schwarzmarktes, er wollte ja nur einen Tipp. Er erntete nur noch Schweigen.

Auf der Fahrt in dem Einbaum, hinein in die Mangrovensümpfe tat sich für Fiete und die Mitreisenden in der Gruppe eine ganz neue Welt auf.

Armdicke, lange Luftwurzeln säumten die Ufer. Sie selbst waren bis zu zwei, drei Meter hoch, bevor die eigentlichen Baumstämme daraus erwuchsen.

Sie unterquerten umgestürzte, sehr alte Baumstämme des Regenwaldes, wurden dabei die ganze Zeit von den Geräuschen, die die wilden Tiere des Regenwaldes um sie herum erzeugten, begleitet. Ihr Einbaum glitt so gut wie lautlos durch das lehmige Wasser eines der kleineren Seitenarme des Rio Amazonas.

Ab und an zeigte der Führer ins Geäst der Bäume, man musste sich schon anstrengen, um die scheuen Tiere zu erblicken.

Plötzlich machte der Peruaner ein Zeichen, absolute Ruhe, der Einbaum glitt nur noch sachte durchs Wasser und in den Bäumen konnte man eine ganze Kolonie von Aras ausmachen. Welche herrlichen Farben, blau, rot und gelb. Und wie groß die Papageien waren! Ein faszinierender Anblick und etwas weiter tauchte dann auch noch ein Tukan auf.

Fiete genoss die Natur und die Bootstour in vollen Zügen.

Als sie etwas später an eine sanfte Kurve anlangten, tauchte dort ein irgendwie großes, länglich-rundes Etwas auf. Fast rosa! Der Führer hob die Hand und zeigte auf das Tier.

»Ein Amazonasdelphin, ihr könnt die erwachsenen Tiere an der rosa Farbe erkennen. Diese Art Delphine gibt es nur im Amazonasgebiet. Die Eingeborenen nennen ihn Boto.«

Inzwischen war er wieder verschwunden, tauchte aber kurze Zeit später, einige Meter weiter, schräg vor ihnen wieder auf. Fiete schätze ihn auf zwei bis drei Meter Länge.

»Die Amazonasdelphine sind Einzelgänger«, fuhr nun ihr Führer fort: »es ist schwierig, mal mehrere Tiere auf einmal auszumachen. Nach ihrer Geburt und als Jungtier hat das Fell der Delphine eine graue Farbe, rosa werden sie erst, wenn sie voll ausgewachsen sind. Hier im gesamten Amazonasgebiet haben die Botos keine wirklichen Feinde.«

Damit endete die kurze Erklärung zu den Amazonasdelphinen.

Der Delphin begleitete, sozusagen, den Einbaum noch eine kleine Weile und war dann wieder in den Weiten des Flusses verschwunden. Fiete war überrascht, welche Tiere und Tierarten er auf diesem Ausflug gesehen hatte und diese Ereignisse und farbenprächtigen Bilder gruben sich in sein Gedächtnis und er vergaß sie nie.

Am späten Nachmittag wurden die Seeleute der *Clarita* wieder im Hafen an der Gangway ihre Schiffes abgesetzt. Ein Tag mit vielen neuen, einschneidenden Eindrücken lag hinter Fiete, aber der Tag war noch nicht zu Ende.

Paul und Fiete hatten bereits, hinter vorgehaltener Hand, etwas herumgefragt, ob jemand Bock auf einen neuen Job bei dem Speditionsfritzen in Peru hätte, aber keiner außer ihnen hatte dazu eine Meinung. Im Schutze der Dunkelheit trabten Fiete und Paul mit kleinem Gepäck los. Ihr Ziel war der abgesprochene Treffpunkt.

Sie marschierten durch Straßen und enge Gassen, hatten eine genaue Wegbeschreibung, der sie folgten, aber sie hörten auch andauernd das abfällige Gewisper der Eingeborenen, an denen sie vorbeikamen. »Gringos, Gringos!«

Ab und an sahen sich die Beiden misstrauisch um.

»Na, so wirklich beliebt scheinen die weißen Langnasen hier ja nicht zu sein!«

Sie kamen nicht sehr gut voran, die Luft war schwül und drückend und der Schweiß floss in Strömen. Die schlecht beleuchteten Wege und Gassen wirkten auf sie immer bedrückender und langsam wurde es den Beiden mulmig.

Kurz darauf stoppte Fiete und hielt Paul auf.

»Du, Paul, ich hab ja keine Muffe, aber irgendwie geht mir dieses *Gringo, Gringo!* Gelaber ja ungemein auf den Sack!«

Sein Gegenüber blickte auch nicht sonderlich fröhlich aus der Wäsche und äußerte sich kurz und knapp.

»Tja, wenn ich jetzt recht überlege, eine Scheißidee. Noch haben wir die Chance umzukehren.«

Fiete war immer noch nicht ganz wohl bei dieser Sache, tat aber total entrüstet.

»Waaas? Umkehren? Bist du toll?«

»Mensch Fiete, überleg doch mal!«

Pauls Stimme war nun sehr ernst und eindringlich.

»Sobald wir am Treffpunkt sind, hat der Speditionsfritze uns im Sack. Vielleicht gibt er uns ja die Kohle, vielleicht aber auch nicht. Was ist, wenn uns was passiert? Dann sind wir zwei Illegale in Peru! Ohne gültige Papiere! Hast du über diese Dinge mit dem Schweizer geschnackt? Nein, hast du natürlich nicht. Der kann doch jederzeit, sobald ihm nur ein Furz quersitzt, sagen, verschwinde deutscher Kanaker! Möchtest du hier bei den Kanaken im Knast landen? Na, bitte nicht!«

»Okay, okay, deine Argumente sind ja halbwegs zutreffend. Und? Was wollen wir machen? Brechen wir ab und gehen zurück an Bord?«

»Ja, würde ich sagen. Da haben wir auf alle Fälle Sicherheit.«

So wurde es dann auch gemacht. Sie machten sich flotten Schrittes auf den Rückweg und trafen kurz vor Mitternacht wieder auf ihrer *Clarita* ein.

Wenn sie jemand beobachtet hätte, so wäre ihm sicherlich die Erleichterung aufgefallen, mit der sie zügig die Gangway hochstiegen.

Die Nachtwache empfing sie am Ende der Gangway mit einem fiesen Grinsen im Gesicht und folgendem Wortlaut: »Und, kalte Füße gekriegt?«

Eine Antwort erwartete er nicht, schließlich wussten ja etliche aus der Crew, was Sache war.

Fiete und Paul machten nur eine eindeutige Handbewegung und verschwanden wortlos nach Achtern.

Als Fiete am nächsten Tag aus Luke zwei zur Smoke-Time an Deck auftauchte, da baute sich plötzlich der Speditionsfritze vor ihm auf. Er wirkte ziemlich angesäuert und er begann sofort auf ihn einzureden.

»Wo wart ihr denn nur? Ich habe eine geschlagene Stunde auf euch gewartet!«

»Hallo, nur nicht aufregen!«

Fiete zündete sich in aller Ruhe eine Zigarette an und nahm einen tiefen Zug.

»Wir waren«, begann er wohl überlegt: »ganz in der Nähe unseres Treffpunktes, nur, wir machen es nicht. Wir haben uns einfach nach reiflicher Überlegung anders entschieden. Die ganze Angelegenheit ist uns einfach zu unsicher, zu heikel!«

»Oh komm«, nun wurde die Stimme des Schweizers beinahe flehend: »das könnt ihr mit mir doch nicht machen, ihr könnt mich jetzt nicht einfach hängen lassen! Ich habe euch schon fest eingeplant. Hör zu, ich lege auch noch 500 US-Dollar Handgeld für jeden drauf!«

Siegesgewiss strahlte er Fiete an.

»Und«, er hielt ihm die Rechte hin: »komm, schlag ein!«

»Nee, nee, lass man stecken, der Zug ist abgefahren, endgültig.«

Dann aber noch einmal richtig mit Nachdruck, denn der Speditionsfritze schien die Sachlage nicht zu verstehen.

»Nein heißt nein und dabei bleibt es nun auch. Ach, eine Frage habe ich trotzdem noch, die Arbeitsverträge, wer hätte die ausgestellt?«

»Welche Arbeitsverträge?«, tat der Schweizer nun vollkommen überrascht: »alles gegen Handschlag, ist doch wohl klar. Unter Kaufleuten gilt das als Vertrag!«

»Naja, so oder so ähnlich habe ich mir das auch schon gedacht.«
Daraufhin drehte Fiete sich brüsk um.

»So, jetzt habe ich Pause, ist ja auch alles geklärt!«
Der Schweizer blieb leicht verdattert zurück und dachte:

›*Verdammter Mist, wo bekomme ich denn jetzt bloß Fahrer für meine Trucks her? Ich war mir bei den Deutschen so sicher!*‹
Die Gedanken standen ihm förmlich auf die Stirn geschrieben.

Dann zuckte Er nur noch hoffnungslos mit den Schultern und widmete sich wieder den Löscharbeiten.

Die Löscharbeiten neigten sich dem Ende zu und alle waren happy, als die letzten Zementsäcke an Land gehievt wurden.

Iquitos war okay, musste man nicht zu oft haben.

Letzter Hafen Belém, Heimreise

Die Bäume blieben oben, wurden nur festgestellt und gesichert, auf dem Rio Amazonas war das okay. Dann hieß es aber endlich ›Good-bye‹ Iquitos! Den Rio Amazonas flussabwärts nach Belém/Para, das sollte wohl im Ballastschiff und mit dem Strom in gut viereinhalb Tagen gelaufen sein.

Fiete war morgens auf Wache und hatte seinen Rudertörn, alles war ruhig, nur die beiden Lotsen waren total aufgekratzt und alberten irgendwie herum.

Plötzlich sagte der eine Lotse zum Zweiten Offizier: »More Speed, please!«

Der Zweite reagierte sofort und gab etwas mehr Power. An der Steuerbordseite voraus kamen einige Palmenhütten auf Stelzen in Sicht und ein langer Holzsteg führte von den Hütten direkt zum Fluss und etwas hinein. Auf diesem Steg verweilten etliche Caboclos, so wurden die am Fluss lebenden Einwohner genannt und sie winkten fröhlich dem, auf dem Rio Amazonas fahrenden Schiff zu. Die Lotsen standen mittlerweile in der Steuerbord Nock und winkten zurück.

Da die *Clarita* nun mit recht flotter Geschwindigkeit durch den hier noch nicht so ausladenden Rio Amazonas lief und bedingt durch ihre Verdrängung, sog sie am Steven ordentlich Wasser an, welches sich hinter ihr zu einer, circa 2 bis 2,5 Meter hohen Heckwelle aufbaute, die sie hinter sich herzog. Und ehe sich die winkenden Caboclos auf dem Steg versahen, hatte die heranrauschende Heckwelle sie vom Steg gefegt und sie nahmen ein unfreiwilliges Bad.

Die beiden Lotsen hüpften in der Steuerbord Nock herum, ob ihrer kleinen Überraschung, die sie den Caboclos bescherten. Sie freuten sich über ihre Schweinerei wie die Schneekönige.

Fiete konnte dem Geschehen überhaupt nichts Lustiges abgewinnen, zumal der halbe Steg von der Heckwelle mitgerissen und zerstört worden war. Auch der Zweite schüttelte nur ungläubig den Kopf. Danach zeigte der eine Lotse an, nun die Fahrt wieder etwas zu reduzieren.

Die Hälfte der Flussreise mit Ziel Belém lag bereits hinter ihnen und es war Donnerstag, ›SEEMANNSSONNTAG!‹ Die Jungs trafen sich nachmittags zur Smoke-Time in der Mannschaftsmesse.

»Heute ist der Koch wohl absolut über sich hinausgewachsen, sein Etat hat er bestimmt überschritten! Hat eigentlich schon mal jemand von euch auf See einen ›Krustenbraten‹ essen dürfen?«

Paul blickte an ihrer Back in die Runde und erntete auf seine Frage nur Kopfschütteln.

»Und das hat geschmeckt, so lecker, ewig lang nicht so gut gegessen. Dann noch der Nachtisch, so eine Art Mousse au Chocolat.«

Ove saß da und nickte nur noch, jedes Wort bestätigend. Fiete blickte zu Klaus hinüber, denn der Messbüdel drückte sich schon mal wieder an der Tür zur Pantry herum. So als wolle er sich schon wieder verpieseln.

»He, Klaus! Hast du schon irgendetwas gehört? Was hat der Bäcker-Kochsmaat gezaubert? Es duftet ja schon wunderbar, wie bei Muttern in der heimischen Küche.«

Der Messbüdel grinste übers ganze Gesicht: »Ich sage nur Eins! Lasst euch überraschen.«

Dann tischte er den Kuchen auf, auch Michael, der Bäcker-Kochsmaat hatte sich selbst übertroffen, er hatte für die Mannschaft einen Macadamia-Kokos-Kuchen gebacken. Zur Krönung gab es dazu frische Schlagsahne. Der Kuchen übertraf alles bisher Dagewesene, einfach super.

Die Flussreise verlief weiterhin sehr ruhig. Die Luken wurden gründlich gereinigt und auch schon einige Hieven mit Stauholz an den Luken verteilt. Sie wurden bereitgestellt zum Bau der Paranussverschläge in Belém. In Iquitos war auch schon etwas Stückgut für Hamburg angeladen worden und stand nun einsam in den verschiedenen Unterräumen. War aber kaum der Rede wert.

An einem Sonnabendvormittag lief die **Clarita** dann endlich in **Belém 01° 19'03. 49« S / 48° 30'14. 45« W** ein. In dem alten Hafen von Belém wurden sie an die Kai bugsiert.

Nun lag die **Clarita** ruhig und gut vertäut an der Pier, zur Freude der Seelords ganz in der Nähe des Rotlichtviertels und bereit zum Laden.

Unverzüglich nach dem Festmachen wurden die Bäume gestellt, aber nur an den Luken, wo keine Kräne arbeiten würden. Die ersten Hieven Bauholz und diverse Rollen feinster Maschendraht wurden übernommen und auf die Luken verteilt, in denen in den Zwischendecks die Paranuss-verschläge aufgebaut werden sollten. Eine knappe Stunde später war auch schon ein Laschgang an Bord, um in den Zwischendecks mit dem Bau der Verschläge zu beginnen. Der reguläre Arbeitsbeginn für die Hafen-arbeiter sollte Montagmorgen 07:00 Uhr sein.

Ove, Fiete und Paul standen an Luke zwei und sogen genussvoll an ihren Glimmstängeln, wobei sie den Arbeiten in der Luke zusahen. Die Paranussverschläge sollten Sonntagabend fertig sein.

»Sagt mal«, begann Ove zaghaft: »nachher, nach dem Abendessen, könnten wir doch kurz an Land toben. Hier soll ja richtig was los sein! Ich habe gehört hier gibt es so richtig heiße Bräute und sehr günstigen Rum! Was ist los mit euch? Warum seht ihr mich denn so blöd an?«

Paul und Fiete blickten sich noch einmal so richtig ›**BLÖD**‹ an und brachen dann in schallendes Gelächter aus, sie schütteten sich so richtig aus vor Lachen, dann antworteten sie, immer noch prustend vor Lachen.

»Mensch Ove, selbstverständlich gehen wir hier an Land, das lassen wir uns doch nicht entgehen. Morgen ist Sonntag, also open end. Heute Nacht werden wir nochmal so richtig die Sau rauslassen!«

»Und was ist mit deinem Alkoholverbot? Fiete, du kannst dir ja gar Keinen löten!«

»Mein lieber Ove, jetzt gehen wir erst einmal Essen fassen, dann duschen, die besten Klamotten aus dem Schapp anziehen, Kohle holen beim Funker und dann Attacke! Der Rest wird sich finden.«

Und dann war es wieder soweit, der Bäcker Michael, Ove, Fiete, Paul und der Messbüdel Klaus standen gemeinsam oben an der Gangway. Alle Mann wie aus dem Ei gepellt, blitzsauber und erwartungsvoll.

»Na, dann! Nichts wie los! Auf sie mit Gebrüll!«

Damit setzte sich die kleine Gruppe von Seeleuten in Bewegung. Paul ging allen voran als erster die Gangway hinab und die Jungs folgten ihm auf dem Fuße.

Nach kurzer Zeit erreichten sie eine der ersten Hafenkneipen, warfen einen kurzen, abschätzenden Blick hinein, schüttelten aber wie nach einer geheimen Absprache verneinend ihre Köpfe. Paul blickte Fiete an: »Willst du da rein? Hast du die alten abgewrackten Hühner gesehen, die da rumhingen? Nee, nee, da finden wir bestimmt noch was Besseres für unser Geld.«

»Natürlich, der Meinung bin ich auch.«, meldete sich der Bäcker-Kochsmaat zu Wort: »Der Koch hat mir da noch was gesteckt, hier Soll ein kleines Stück weiter, in der zweiten Seitenstraße, ein super Bumslokal sein mit erstklassigen, reinrassigen, also wirklich top Ladys! Er hat richtig geschwärmt. Den Bums lasst uns man suchen!«

Einige Zeit und zwei Querstraßen weiter hatten sie die so hochgelobte Kneipe gefunden. In Wirklichkeit hob sie sich, von außen betrachtet, nicht wirklich von den anderen Kneipen im Viertel ab.

»War eigentlich schon mal jemand von euch in Brasiland?«

»Ja, ich war schon mit zwei verschiedenen Dampfern hier!«

Fiete hatte ganz klare Kante gezeigt, nun mussten sich die anderen äußern.

Klaus, Michael und Ove schüttelten verneinend die Köpfe.

Fiete anblickend meinte Paul nur: »Na, dann kennst du dich ja einigermaßen aus«, damit wandte er sich den anderen Dreien zu: »Folgendes und das schreibt euch hinter die Ohren. Die ›**DAMEN**‹ hier machen immer einen auf ganz große Liebe. Sucht euch etwas Vernünftiges aus und behaltet sie nach Möglichkeit für die komplette Liegezeit. Wenn euch der Gedanke kommt, es gibt ja noch viel schönere Mädels und ich könnte ja mal wechseln dann passt genau auf. Es ist schon vorgekommen, dass die Damen so eifersüchtig geworden sind, sich eine Rasierklinge zwischen die Zähne geklemmt haben, um damit ihrem untreuen Seemann ganz neue Gesichtszüge beizubringen. Wie bereits erwähnt, immer schön vorsichtig Jungs!«

Ove sah Paul ungläubig an, nur der Bäcker nickte bedächtig mit dem Kopf.

»Ja, das hat der Smut auch schon erzählt! Aber nun mal rein in den Schuppen. Schauen wir mal!«

Schon verschwanden die Fünf in dem Schuppen.

In der Kneipe schien die Luft zu stehen und ein wummernder Beat empfing sie. Aus der Musikbox, die unter Volllast lief, ertönte der Hammerhit von Medecine Head: »One & One is One«.

Der Dunst in der Kneipe aus Zigarettenqualm, hochprozentigem Alkohol, Körperausdünstungen, altem Schweiß und dazu noch das billige Eau de Möff der leichten Mädel raubte einem schier den Atem. Der beinahe undurchsichtige Dunst im Lokal wurde scheinbar nur durch das dumpfe Wummern der Bässe aus den Lautsprechern der Musikbox bewegt.

Die Musik dröhnte dermaßen laut, sodass man sich schon fast gegenseitig anschreien musste, um überhaupt etwas zu sagen oder zu verstehen.

Die Lichtverhältnisse in der Kneipe waren natürlich auch nicht die Besten, was für die Jungs bedeutete, beim Bezahlen genau hinzusehen, ansonsten hast du gleich verloren. Die Bedienung in seiner schmierigen, ehemals weißen Schürze, grinst dich freundlich an und hat dich schon beschissen.

Dann ging es los, die Ladys griffen an. Paul, Ove, Fiete, der Bäcker und der Messbüdel wurden von den Damen umlagert, für jeden gleich im Doppelpack. Die Schönen der Nacht wussten genau, was sie wollten.

»He!«, Ove stieß Paul seinen Ellenbogen in die Seite: »bin mal eben weg, für Königstiger!«

Paul grinste nur und rief ihm zu: »Alles klar, wir sitzen hier an dem Ecktisch!«

Ove verschwand im Dunst der Kaschemme. Nachdem die Jungs Platz genommen hatte, war auch sofort eine Bedienung zur Stelle, um ihre Getränkewünsche aufzunehmen. Mittlerweile hatten die Jungs ihre neuen Bekanntschaften akzeptiert.

Fiete hatte Glück, eine gutgebaute, nicht allzu alte Dame, das Alter war bei dem Licht und der Aufmachung absolut nicht schätzbar, hatte sich zu ihm gesellt, setzte sich auf seinen Schoß. Aber wen interessierte hier auch das Alter? Niemanden!

»Mi nombre es Mercedes«, verstand Fiete gerade noch so zwischen dem Gejohle der anwesenden männlichen Gestalten und den wummernden Bässen aus der Musik-Box. In diesem Augenblick grölte Mungo Jerry aus der Musik-Box sein »Alright, Alright, Alright« in den überfüllten Raum.

»Okay, okay«, rief Fiete Mercedes zu: »Do you want a drink?«

Sie nickte sofort vehement mit dem Kopf und ihre schwarze Mähne wogte hin und her.

Fiete gab der Bedienung ein deutliches Zeichen und orderte einen Drink für seine Schönheit der Nacht, danach wandte er sich Paul zu.

»Du, sag mal, Ove ist aber schon eine ganze Zeit weg! Sollten wir nicht mal nach ihm sehen? Wer weiß, vielleicht ist da was passiert?«

Paul wollte gerade zur Antwort ansetzen, da erschien Ove wieder auf der Bildfläche.

»Was hast du denn so lange gemacht? Warst du zwischendurch schon mal auf dem Zimmer?«, meinte Paul und grinste fies.

»Nee, nee, aber hier sind noch mehrere Maaten von einem anderen deutschen Dampfer und einige von ihnen waren bereits in der Toilette als ich dort ankam.«

»Na und!«, warf Paul ein: »pinkeln müssen wir schließlich alle mal.«

Ove weiter: »Mannomann, welch ein Drecksloch, da kann man sich lieber draußen an einen Baum stellen.«

»Ja und, Kerl? Lass dir nicht alle Würmer einzeln aus der Nase ziehen. Was war denn nun mit den Typen?«

Ove blickte sich suchend um und wies mit dem Kopf in Richtung Tresen, dort standen fünf, weiße, junge Männer, alle eher etwas ungepflegt.

»Ich glaube die Jungs sind klamm und auf Streit aus, die haben auf der Toilette schon richtig Stunk gemacht. Also, sauft nicht zu viel, seid auf der Hut! So, und jetzt! Was ist los, ist hier keine Mutti für mich?«

Wieder blickte er sich suchend um, aber da musste er nicht lange warten und schon warf sich eines der Mädel an seinen Hals. Die Drinks liefen zwar nicht so hart wie sonst, aber das tat der Stimmung keinen Abbruch. Soeben gab Demis Rousso einen zum Besten und aus der Musik-Box konnte man sehr deutlich seinen Song: »Good-by my Love Good-by.« vernehmen und alle sangen, fast textsicher schmachtend den Text mit.

Bisher hatten die Jungs von dem anderen Dampfer sich ruhig verhalten und niemanden provoziert, aber das konnte sich blitzschnell von der einen auf die andere Minute ändern.

Als Fiete nach einiger Zeit einen suchenden Blick zum Tresen schickte, war von den Chaoten nichts mehr zu erblicken.

»So«, meinte er und streckte sich ein wenig: »es ist gleich Mitternacht, an und für sich Zeit, dass wir auf die Mutter kommen! Klaus und Michael müssen morgen früh pünktlich an Bord sein.«

Er erhob sich, während die anderen leicht gespielt maulten. Es war so etwas zu hören wie: Spielverderber, Spaßbremse, alter Sack, und anderes mehr.

»Jungs, egal was ihr euch jetzt zusammen labert, ich nehme jetzt meine Kleine unter den Arm und dann ab in die Koje! Ein Stückchen weiter rauf sollen gleich die Behausungen sein, hat die Lütte mir schon gesteckt. Dort kann man für kleines Geld die Behausung mieten. Okay, ich hau jetzt mit Mercedes ab.«

»So weit, so gut«, Paul und der Bäcker standen auch auf: »dann machen wir uns auch mit unseren Hühnern auf den Weg.«

Sie verließen gemeinsam die Kaschemme und konnten draußen erst einmal tief durchatmen, obwohl die Luft immer noch sehr warm und feucht war, aber besser als in der Kneipe. Außerdem war die Luft angereichert mit den Düften der Tropen und denen des nahen Hafens.

Mercedes führte Fiete und die Jungs mit ihren Mädels in Richtung ihrer Schlafstätten. Alle dackelten so ungefähr hinter Mercedes her.

Nach einer kleinen Weile hatten sie ihr Ziel beinahe erreicht. Sie mussten nur noch eine Art Steganlage passieren, da die Hütten alle auf Stelzen standen. Links und rechts von dem wackeligen Steg waren überall kleinere Hütten angeordnet. Unter dem wackeligen Steg, aus kaum sichtbaren Brettern und Bohlen, gluckste leise Wasser. Irgendwie seltsam.

Mercedes führte Fiete bis zum Ende des ominösen Steges, die vereinzelt herumhängenden Funzeln, die vor einigen Hütten hingen, erhellten absolut nichts.

Fiete drehte sich noch einmal um, aber da war keiner mehr, nichts. Scheinbar waren alle schon in den Hütten verschwunden.

Mercedes zupfte ihn am Arm: »Come on!«

Eine Minute später öffnete sie die Eingangstür zu einer kleinen Hütte, vor der sie angelangt waren. In der Hütte zündete sie einige Kerzen an, die die Hütte in ein warmes gedämpftes Licht hüllten. Aber das war dann auch schon alles an »Beleuchtung«!

Fiete blickte sich in der Hütte um, so gut es ging, dabei gingen ihm einige Gedanken durch den Kopf: ›Meine Fresse, was für eine Trümmerbude, da war Tamatave ja das Paradies‹.

Die Hütte hatte sehr sparsames Mobiliar und wurde dominiert von einem großen, klapprigen Bett. Gegenüber dem Bett stand ein kleiner, runder Tisch mit einem Stuhl, daneben ein Metallständer mit einer gefüllten Wasserschüssel an deren Rand ein Stück Seife lag.

Fiete wurde von Mercedes aus seinen Gedanken und Betrachtungen gerissen, er spürte ihre zarte Hand über seinen Oberschenkel gleiten, zeitgleich merkte er ihre harten Brustwarzen durch sein dünnes Sommerhemd leicht seinen Rücken berühren.

Sie säuselte sanft: »Come on.«, und wies auf das Lotterbett. Fiete blickte sie an und zog sie mit sich zum Bett. Dann begann sie wieder in ihrem gebrochenen Englisch: »If you need to pee at night, you see«, dabei wies sie auf einen Eimer in der äußersten Ecke des Raumes: »Please use the bucket.«

Und dann mit wesentlich mehr Nachdruck in der Stimme: »Never go outside in the nighttime!«

›Was ist denn hier los? Okay, wenn es so sein soll, dann bleiben wir eben in der Hütte!‹, waren die Gedanken von Fiete und er nahm sich ihre Worte zu Herzen.

Er wandte seine Blicke von dem angesprochenen Eimer und drehte sich um, da stand sie vor ihm, so wie sie erschaffen worden war, splitterfasernackt.

Sie hatte eine tolle Figur und recht stramme Brüste.

Paul würde in diesem Fall sagen: *›Da kannst du Nüsse drauf knacken!‹*

Fiete legte sich zu ihr auf das Lotterbett, er war nun ebenfalls nackt. Dann begannen sie, sich zu liebkosen und ihre intensiven Zärtlichkeiten endeten in einem scheinbar ewig andauernden Liebesspiel.

Sonntagmorgen, es war warm und stickig in der kleinen Hütte. Die Sonne schien hell durch die Ritzen der Hütte und davon hatte sie viele. Mercedes hatte ihren Liebeslohn bereits erhalten und wie immer gab es natürlich dazu noch einige Äußerungen.

»Hast du nicht noch einige Cruzeiros mehr, ich muss meine drei Geschwister und meine Eltern durchbringen, sie haben keine Arbeit.«

Okay, dann legte er eben noch einige Cruzeiros drauf, war ja auch eine schöne Nacht gewesen, die hinter ihnen lag.

Fiete öffnete die Eingangstür, augenblicklich stand er im hellen Sonnenlicht und die nun schon beachtliche Hitze umfing ihn. Doch was er dann sah, erstaunte ihn wirklich sehr, nun war ihm auch klar, warum er des Nachts die Hütte nicht verlassen sollte. Vor ihm, in der Mitte zwischen den Hütten, alles stand auf Pfählen, verlief ein altersschwacher Bohlensteg und hatte als Geländer nur einen morschen Tampen. Von dem Steg führten immer einige lose Bretter zu den Türen der Hütten.

Sicherheit sah bestimmt anders aus.

Plötzlich erhellte sich Fietes Antlitz, ein Haus weiter verweilte ein herrlicher Ara auf seiner Sitzstange. Direkt neben der Eingangstür der Hütte. Er hatte aber zur Sicherheit, wahrscheinlich damit er nicht wegfliegen konnte, eine feingliedrige Kette, die ihn mit der Sitzstange verband.

Fiete ging zu dem hübschen Tier hinüber, welches scheinbar freundlich, mehrfach mit dem Kopf nickte. Er stellte sich vor das schöne Tier und strich ihm sanft über das Gefieder des Kopfes. Urplötzlich, im gleichen Augenblick, reagierte der große Vogel, so ganz anders als Fiete ahnen konnte. Er hackte mit seinem riesigen Schnabel zu und traf Fietes Mittelfinger.

Fiete schrie kurz auf, vor Schreck und Schmerz und im Reflex donnerte er dem Papagei ein volles Ding mit der flachen Hand an den Kopf. Woraufhin der Ara, wohl durch die Wucht des Schlages, von seiner Stange flog, um dann wie ein Ventilatorflügel, mehrere Törns, ausgestreckt am Ende seiner Kette hängend, sich um seine Sitzstange drehte.

Fünfmal, sechsmal, siebenmal, dann kam er durch wilde Flügelschläge wieder auf seiner Stange zu sitzen, um augenblicklich ein fürchterliches Gezeter anzustimmen. Er krächzte, schnatterte, fluchte als Stimmenimitator, also letztendlich waren nun wohl alle Menschen in den Hütten wach.

Durch den ungewöhnlichen Lärm aufgeschreckt öffneten sich alle Türen, auch Paul und Ove streckten ihre verschlafenen Köpfe ins Freie.

Aber aus der Tür, neben der Sitzstange des Papageis, schob sich eine Matrone ins Freie und sie keifte sofort in verschiedenen Sprachen und baute ihre Massen drohend vor Fiete auf, über dessen rechte Hand immer noch das Blut aus einer klaffenden Wunde rann. Irgendwann hatte er die Faxen dicke und schrie seinerseits die fette Frau an.

»Shut your mouth or I kill your fucking Ara!«

Er holte tief Luft und wollte in seiner unflätigen Schimpftirade fortfahren, gleiches Recht für alle, da zupfte ihn Mercedes am Arm und flüsterte ihm eilig einige Worte ins Ohr.

Sein Gesichtsausdruck veränderte sich total, während er dachte: ›Oh, Scheiße, es ist die Puffmutter! Verdammter Mist, nun müssen mir aber zügig einige Friedensangebote einfallen!‹

Er durchsuchte krampfhaft seine Hosentaschen und grub noch einige Cruzeiros aus, gab sie der Matrone mit sehr viel sorry und dabei versuchte er, ein überaus freundliches Gesicht zu machen. Sie nahm das Geld und die Entschuldigung mit glänzenden Augen an und verschwand daraufhin in ihrer Hütte, kam aber sofort wieder zurück, mit einer fast sauberen Mullbinde.

Fiete umwickelte, nachdem er aus dem Anfang der Binde eine Art Kompresse gebildet hatte, seine Hand, um so wenigstens vorerst die Blutung zu stoppen. Paul hatte zwischenzeitlich Fietes Hemd, seine Zigaretten und was sonst noch so von ihm in der Hütte herumgelegen hatte, geholt und es ihm gegeben. Nachdem er sich dann komplett angezogen hatte, verabschiedete er sich von Mercedes.

Sie sah ihn mit fragenden Blicken an: »See you tonight?«

Er antwortete ausweichend, leicht missgelaunt: »Maybe!«

Und zu Paul: »Komm lass uns hier jetzt bloß abhauen, ich gehe jetzt an Bord. Der Zweite muss mir den Scheißfinger tackern.«

Sie waren schon beinahe am Ende des wackeligen Steges angelangt, als sie lautes Poltern hinter sich auf dem Steg hörten. Ove folgte ihnen, versuchte es im Laufschritt, so gut der Steg es eben zuließ.

»Ihr wollt mich hier doch wohl nicht allein lassen?«

»Nee, alles gut, lass uns man an Bord gehen. Hier ist sowieso fürs Erste alles gelaufen.«

Wieder an Bord der *Clarita* eingetroffen begab sich Fiete unverzüglich zum Zweiten Offizier. Er fand ihn in der Offiziersmesse. Er besah sich die Wunde und desinfizierte sie zuerst einmal.

»Na, da hat der Papagei aber ganze Arbeit geleistet, ist ja bis auf den Knochen. Ich mache dir als erstes einen Druckverband, sollte es Morgen nicht viel besser sein, schicken wir dich zum Arzt an Land.«

Er verband Fietes Wunde fachgerecht und am Ende umschloss der Verband die komplette Hand.

»So, fertig, mach nicht so viele Faxen sonst löst sich der Verband. Gut wäre es, wenn du heute mal einen Ruhetag und Abend einlegen würdest.«

»Gut, geht klar! Danke!«

»Lass dich morgen früh noch mal bei mir blicken, dann entscheiden wir weiter, okay?«

»Okay!«

Der Sonntag wurde wirklich zum Ruhetag, ebenso der Abend.

Montagmorgen, Ladungsbeginn.

An Bord und in der Luke wimmelte es vor brasilianischen Hafenarbeitern. Die ersten Ladungseinheiten waren bereits in den Unterräumen und wurden verstaut. Fiete hatte sehr früh beim Zweiten vorbeigeschaut, dieser besah sich die Wunde und runzelte die Stirn.

»Um 10:00 Uhr kommt der Clerk von der Agentur und fährt dich zum Arzt, ihr müsst aber noch den Decksmann Jochen, aus eurer Clique mitnehmen. Er muss zum Hautarzt, ist im gleichen Gebäude.«

Fiete sah den Zweiten mit großen Augen an.

»Ja, er hat sich in Iquitos angesteckt. Mein Gott sieh mich nicht so an. Ja, er hat einen Tripper! So, nun zisch ab, lass dich vom Bootsmann für Raumwache einteilen. Habe ich heute Morgen schon mit ihm abgeklärt.«

Fiete grüßte mit seiner verbunden Hand und verschwand an Deck, wo er auch sogleich auf den Bootsmann stieß. Der meinte nur lakonisch: »Luke zwei, Raumwache. Weißt Bescheid?«

Fiete hob wieder wortlos, verstehend, die Hand und ging zum Vorschiff. In Luke zwei machte er es sich in einer Ecke, aus der er den totalen Überblick hatte, gemütlich, bis er um kurz vor 10:00 Uhr abgelöst wurde.

Der Arztbesuch verlief absolut problemlos. Die Wunde wurde nun doch mit vier Stichen genäht, ordentlich mit Desinfektionsmittel eingepinselt und danach wieder verbunden.

Fiete bestand darauf, den Verband sparsam anzulegen, damit er einen Arbeitshandschuh darüber streifen konnte. Mit so einem Kratzer wird nicht krank gespielt.

Jochen war inzwischen beim Hauptarzt nebenan und der machte ihn, nachdem er einen Abstrich gemacht und im Labor untersucht hatte, zum Millionär. Zuerst einmal zwei Millionen Einheiten in den Allerwertesten gespritzt. Die weitere Behandlung sollte der Zweite an Bord durchführen. Aber für Jochen hieß es nun erstmal für 14 Tage Null Alkohol, ansonsten wirkt die Medizin nicht.

Nachdem sie an Bord zurückgekehrt waren, übernahm Fiete wieder die Raumwache und Jochen wurde an Deck eingeteilt.

Die Tage verstrichen mit Ladungsarbeiten und normalen seemännischen Tätigkeiten am Schiff bis der Bootsmann eines Morgens ganz wichtig wurde und meinte: »Wir müssen vor Auslaufen unbedingt noch den Steven schwarz malen. Vier Mann: Ove, Fiete, Paul und Jochen. Zwei Stellagen Außenbords und ab geht die Post!«

So wurde es dann auch gemacht. Die Stellagen wurden ausgebracht und am Geländer der Back befestigt. Als Beiholer dienten Ihnen Schmeißleinen, deren eines Ende ließ Fiete auf dem Spillkopf der Ankerwinde auflaufen.

Ove und Jochen arbeiteten von den Stellagen aus, während Paul und Fiete auf der Back waren und sie mit allem Nötigen versorgten. Nach einer Weile beugte sich Fiete über das Geländer und wollte sehen, ob alles im Lot war, als Ove meinte: »Ich könnte noch mehr schwarze Farbe gebrauchen.«

Er saß auf der Stelling und blickte nach oben, hinauf zu Fiete und Paul. Fiete holte nun mit einer weiteren Wurfleine den leeren Farbeimer auf die Back und füllte ihn auf.

Nachdem er ihn frisch aufgefüllt mit schwarzer Lackfarbe wieder zu Ove hinabließ, fragte er wie nebenbei: »Wie sieht es aus? Wollen wir nicht zur Smoke-Time kurz an Land steamen und unsere Pause in einer der Kneipen verbringen?«

Jochen und Ove antworteten sofort im Duett: »Das ist ja mal eine ausgezeichnete Idee, das machen wir!«

Nach etlichen, weiteren Quadratmetern in schwarz war dann endlich die verdiente Smoke-Time.

Die Außenbords arbeitenden Kollegen kletterten die Knüppelleiter hoch und schon verließen Paul, Ove, Jochen und Fiete eiligen Schrittes die *Clarita* über die Gangway, um bereits einige Minuten später in einer Eckkneipe zu sitzen und ihre frisch georderten, eisgekühlten Drinks zu schlürfen.

Nur Jochen natürlich nicht, man sah es ihm an, Limonade war wohl nicht so sein Ding. Ein paar von den anwesenden Mädels wollten sich zu ihnen gesellen, das lehnten sie aber kategorisch ab.

»Mannomann«, Fiete strahlte übers ganze Gesicht: »der Rum ist einfach Klasse, schmeckt gut und geht runter wie Öl.«

»Tja«, meint Paul daraufhin: »aber immer ruhig mit den jungen Pferden, wir haben noch einen Job zu erledigen, also ruhig bleiben und etwas Maß halten.«

Ove wollte sich soeben einen weiteren Drink bestellen, da hob Fiete die Hand.

»He, nix mehr, wir müssen wieder los, haben schon 10 Minuten überzogen. Los, ab jetzt, zurück an Bord!«

Als die Vier wieder an Bord kamen, stand der Scheich am oberen Ende der Gangway.

»Na, geht's euch gut?«

Dämliche Frage, das sah er doch wohl.

»Ihr Chaoten habt eine Viertelstunde überzogen, die müsst ihr nacharbeiten!«

Die Vier waren bereits auf dem Weg zum Vorschiff, blieben sofort wie angewurzelt stehen, drehten sich um, wie Marionetten, alle vier gleichzeitig.

Paul hatte sich als erster gefangen und sah den Bootsmann todernst an.

»Hast du eigentlich keinen Frisör dem du solchen Scheiß erzählen kannst? Wir werden jetzt einen ordentlichen Schlag reinhauen und in Null-Komma-Nichts haben wir die Zeit wieder reingeholt. Die Viertelstunde nacharbeiten kannst du dir abschminken!«

Die Vier drehten sich wieder um und setzten den Weg zur Back, zum Steven, ihrem momentanen Arbeitsplatz, fort. Ein sehr nachdenklicher Bootsmann blieb an der Gangway zurück.

Ove und Jochen arbeiteten nun mit erhöhtem Tempo, sie wollten selbstverständlich die verlorene Zeit wieder reinholen. Paul blickte über die Kante und beobachtete die Beiden, als Ove sich meldete: »Ihr müsst den hinteren Beiholer etwas mehr tightholen, damit ich mit der Rolle besser in die Ankerklüse komme. Mach mal, ich sag schon Stopp, wenn es reicht!«

Paul gab Fiete ein Zeichen und der ging an den Kontroller des Ankerspills. Langsam hievte er und die Wurfleine straffte sich immer mehr.

Stopp!

Paul hatte das Handzeichen gegeben, aber von der Stellage rief Ove: »Etwas mehr hieven, ich muss noch näher heran!«

Paul zeigte Fiete hieven und wieder drehte sich ganz langsam der Spillkopf, dann plötzlich ein Knall, nicht allzu laut und die Wurfleine kam locker, es folgte ein lauter Schrei von der Stellage und dann ein ordentliches Klatschen. So, als würde jemand einen Zementsack ins Wasser werfen.

Fiete stürzte zum Geländer und sah Ove nur noch im Wasser wild um sich schlagen, um in Richtung der nächsten Steigleiter der Kaianlage zu schwimmen.

Paul stand fast vorn am Steven und grinste schadenfroh: »Hat er selber schuld, immer noch etwas holen und noch etwas mehr holen! Arsch, blöder, die Stellage hing schon vollkommen schräge am Steven. Er kann sich freuen, dass der Farbeimer angebunden war, sonst hätte er dessen Inhalt auch noch voll über seine Rübe bekommen.«

Fiete sah Paul wütend an: »Das hättest du sehen müssen und rechtzeitig aufstoppen. Das ist dein Job hier oben! Was hättest du denn getan, wenn er sich ernsthaft verletzt hätte?«

Paul immer noch ganz gelassen: »He, du musst mir hier nicht meinen Job erklären!«

Ove saß mittlerweile, pudelnass, auf der Kaikante mit herabhängenden Beinen. Fiete formte seine Hände zu einem Trichter und schrie hinüber: »Ist bei dir alles in Ordnung?«

Fragende, besorgte Miene.

»Ihr könnt mich beide Mal kräftig am Arsch lecken. Mit euch zu arbeiten ist ja fast schon lebensgefährlich!«

Wilde Gedanken kreisten in Fietes Kopf.

›Hoffentlich hat keiner von der Schiffsleitung von diesem Vorfall etwas mitbekommen.‹

Ove hatte seinen Ärger so richtig herausgebrüllt.

Paul grinste immer noch.

»Hör bloß mal auf, so blöd zu grinsen. Ist dir dabei einer abgegangen oder was? Ich finde das jedenfalls richtig kacke von dir!«

Daraufhin wurde Pauls Gesichtsausdruck ernst und er meinte nur: »Dann lass uns man Mittag machen, umbauen lohnt sich vor Mittag sowieso nicht mehr.«, er beugte sich über die Kante: »Jochen, komm hoch, wir machen Mittag.«

»Was ist, wollen wir nochmal in die Kneipe?«

»Ja, jetzt könnte ich einen kräftigen Schluck vertragen!«

Ove hatte sich umgezogen, war aber immer noch stocksauer.

»Okay, ich komme mit in die Kneipe, aber labert mich bloß nicht schräg von der Seite an.«

»Okay, Kleiner, alles klar.«

»Ich will auch mit«, meldete sich nun Uwe, der ältere der beiden Leichtmatrosen zu Wort.

»Meinetwegen, wenn du Knete hast, in der Kneipe ist Platz genug.«

Dann machten sie sich geschlossen auf den Weg.

Was Paul, Fiete, Ove, Jochen und Uwe nicht wussten, es hatte sich bei den Damen des horizontalen Gewerbes bereits herumgesprochen, dass ihre Seeleute die Pausen immer in der gleichen Kneipe, in der Nähe ihres Dampfers verbrachten. Und als die Jungs die Kneipe betraten, wurden sie bereits mit lautem ›Hallo‹ von ihren Ladys empfangen.

»Ach du dickes Ei! Was ist hier denn los?«

Sofort stürmte Mercedes auf Fiete zu und sprang in seine weit geöffneten Arme. Seine schmutzigen Arbeitsklamotten störten sie dabei nicht im Geringsten. Die Stimmung in dem Bumslokal schoss geradezu in die Höhe und war plötzlich verdächtig gut.

Nach dem zweiten Drink sagte Ove plötzlich, während seine Angebetete sich auf seinem Schoß räkelte: »Wisst ihr was, so richtig Bock zum Arbeiten habe ich an sich nicht mehr. Es kann mir ja auch keiner garantieren, dass ich nicht wieder in den Bach segle!«

»Doch«, meinte Uwe in diesem Augenblick etwas vorlaut: »der Sicherheitsgurt, den du ja verschmäht hast, damit wäre auf sicher auch das Malheure, kurz vor Mittag nicht passiert!«

Fiete, Paul und Ove sahen sich etwas bedrückt an.

»Wo er Recht hat, hat er Recht«, meinte nun Fiete: »aber hört«, dabei erhob er seine Stimme: »jeder Seemann ein Artist, ein Schiff ist ein ganzer Zirkus!«

Daraufhin begannen alle schallend zu lachen.

Alte Sprüche.

Paul erhob sich, beugte sich dabei leicht über den Tisch an dem sie saßen und stellte eine Frage.

›DIE FRAGE!‹

»Was ist, wollen wir einen halben freien Tag einreichen? Wir alle?«

Und alle johlten zustimmend.

»Okay, aber einer muss an Bord gehen und den Scheich informieren, stellt ihn damit natürlich vor vollendete Tatsachen.«

»In Ordnung, ich mach das, ich gehe an Bord!«

Alle Blicke waren nun auf den Leichtmatrosen Uwe gerichtet.

Und so fuhr Paul fort: »Bei NEIN bist du gleich wieder hier, damit wir pünktlich um 01:00 Uhr wieder an Bord sind, um mit unserer Arbeit fortzufahren. Okay?«

»Und was ist, wenn er sein okay gibt, sodass wir an Land bleiben können?«

Uwe blickte fragend in die Runde.

»Tja«, sagte Fiete: »dann ist alles gebongt, aber dann musst du die Farben und die Rollen von der Back holen und ins Farbenschapp stellen, zurück stippen, alles ordentlich an seinen Platz bringen. Das wäre dann noch dein Job, okay?«

»Ja, geht klar, dann hau ich jetzt mal ab.«

»Okay, gut Holz! Bis gleich, hoffentlich!«

Dann lief Uwe los und war in Windeseile an Bord, den Bootsmann fand er auch sehr schnell, der saß noch mit dem Story und Timmy in der Mannschaftsmesse.

Uwe trug sein Anliegen vor und der Bootsmann meinte nur in gespielter Ruhe: »In Ordnung, geht klar. Besoffene dürfen sowieso nicht an Deck arbeiten. Aber du klarst Vorn noch auf, bevor auch du dich wieder verpieselst! Hast du mich verstanden?«, dabei sah er Uwe eindringlich an.

»Ja, Bootsmann, mach ich selbstverständlich.«

Und schon hatte Uwe die Messe blitzartig verlassen.

Im Sturmschritt wurde die Back aufgeklart und sofort ging es zurück an Land in die Kneipe. Er ließ die Clique auch nicht lange zappeln und verkündigte den genehmigten, halben freien Tag.

Alles jubilierte.

Fiete blickte seine Mercedes an und sagte auf Deutsch zu ihr: »Na, dann könnten wir doch noch ein Stößchen machen!«

Sie lachte hellauf und ihre schönen braunen Augen glänzten, so als habe sie ihn verstanden. Just in diesem Augenblick kam Jochen auf ihn zu, mit der obligatorischen Flasche Limo in der Hand.

»Fiete, ich muss mal kurz mit dir schnacken. Ernste Sache!«

Sie begaben sich nach draußen, Fiete zündete sich eine Zigarette an und fragte neugierig: »Und was hast du auf dem Herzen?«

Jochen drckste am Anfang noch etwas herum, kam dann aber zügig zur Sache.

»Wenn du dich noch erinnern kannst, waren wir ja gemeinsam beim Arzt, du mit deinem Finger und ich habe ja einen Tripper, wie du weißt.«

Fiete grinste ihn an: »Das wissen wir alle. Willst du jetzt damit Reklame laufen?«

»Nein, natürlich nicht. Aber hör mir mal gut zu, eben kam meine Lady an und meinte wir sollen aufs Zimmer gehen und poppen. Da habe ich versucht ihr klar zu machen, dass ich geschlechtskrank bin und nicht mit ihr in die Koje steigen kann und will.«

»Oh«, meinte Fiete: »das ist aber löblich.«

»Ja, Scheiße, sie fing sofort an, zu palavern, dass ich sie nicht mehr liebe und dass ich wohl eine andere habe und wir könnten ja, wenn es denn wahr ist, mit Präservativ poppen. Verdammter Mist, sie hört überhaupt nicht mehr auf. Was soll ich denn jetzt bloß machen? Ich bin total ratlos!«

Fiete überlegte kurz und kam dann zu einem Entschluss.

»Weißt du was? Das Ding hast du dir ja in Iquitos eingefangen, also würde ich gar kein Risiko eingehen, um sie anzustecken. Ich an deiner Stelle würde mich klammheimlich vom Acker machen, bevor die Alte noch durchdreht und die ganze Angelegenheit zu eskalieren droht.«

Etwas bedrückt nickte Jochen zustimmend.

»Ja, das wird wohl die beste Lösung sein. Solange sind wir ja sowieso nicht mehr hier, die laden ja schon die Paranüsse in den Zwischendecks.«

»Ja, stimmt. Ich gehe jetzt wieder rein und du machst einen langen Schuh, okay?«

»Ja, in Ordnung, so machen wir das. Tschüss, wir sehen uns an Bord.«

Jochen drehte sich um und war im Nu in der Menschenmenge verschwunden. Fiete ging wieder in die Kneipe, wollte zu Mercedes. Da kam Jochens Lady auf ihn zu, sie wirkte schon sehr angespannt und ganz nüchtern war sie wahrscheinlich auch nicht mehr.

»Wo sein meine Seaman? Du haben doch eben mit ihm gesproken!«

Woraufhin Fiete bejahend nickte: »Ja, soeben war er noch hier. Ich glaube er wollte zur Toilette, aber das weiß ich natürlich nicht so genau.«

Sie drehte sich auf ihren Absätzen und stürmte zu den WCs und von dort ertönte sofort hysterisches Gekreische. Wutentbrannt kehrte sie zurück und schrie rum, er sei da nicht und sie könne ihn nicht finden.

Fiete saß schon wieder am Tisch bei den Jungs und Mercedes neben ihm, um die er sich nun wieder etwas intensiver kümmerte. Als Jochens Lady merkte, dass sie von allen mehr oder weniger ignoriert wurde, verließ sie wutschnaubend die Kaschemme.

Die Stimmung war bestens und alle wippten mal wieder im Takt zur Musik von Neil Diamond, die aus der Juke-Box ertönte: »Sweet Caroline!«

Als der Nachmittag sich dem Ende zuneigte, zogen Fiete und Mercedes von dannen in Richtung der Stelzenhäuser. Um den Papagei der Matrone machte er aber wohlweislich einen angemessenen Bogen.

Es wurde im wahrsten Sinne des Wortes eine heiße Nacht. Und es war Fietes letzte Nacht mit Mercedes, alles Schöne geht einmal zu Ende.

Irgendwann, so gegen Mitternacht, kehrte er zufrieden an Bord der *Clarita* zurück.

Am nächsten Morgen erschien beim Frühstück der Bootsmann an der Back der Clique und sagte nur ein Wort, bei dem er auf Paul, Fiete, Ove und Jochen gezeigt hatte: »Steven!«

Was für ein abartiger Knilch.

Die Vier begaben sich auf die Back, um ihr am Vortage unterbrochenes Werk fortzusetzen und am gleichen Abend beim Ausscheiden erstrahlte der komplette Steven in hochglänzendem Schwarz. Selbst der Schiffsname **Clarita Schröder** glänzte brandneu im herrlichsten Weiß.

Smoke-Time

Fiete stand auf dem Achterdeck, genoss seinen Mugg Kaffee und seine Zigarette, sinnierend starrte er auf das lehmige Wasser des Hafens von Belém, als sich der Piepstengler neben ihm an die Schanzung stellte.

»Stör ich?«, war die Frage des Zweiten Offiziers, Fiete sah auf und schüttelte verneinend seinen Kopf.

»Nöh, absolut nicht.«

»Darf ich dir mal einen Tipp geben?«

»Warum nicht, für gute Tipps bin ich immer offen.«

»Eure Clique und das erzähle ich dir jetzt im Vertrauen, sollte allmählich mal den Ball flachhalten. Der Alte ist ja ein Gemütsmensch, aber ich glaube, seine Geduld ist bald erschöpft. Er ist oberstinkig. Ich sage dir das, weil ich meine, wenn du nüchtern bist, bist du ein ganz vernünftiger Kerl, so wie ich dich bisher auf Wache kennengelernt habe. Also keiner eurer Clique wird nach Auslaufen Belém eine Chance zum Zutörnen bekommen. Solltet ihr in Bremen nicht auf eigenen Wunsch abmustern, gibt der Alte euch allen einen fristlosen Sack. Der Alte hat echt die Faxen dicke von den ganzen Bolzen, die ihr hier geschossen habt. Und überleg mal bitte, du und Paul, ihr habt als Matrosen Vorbildfunktion für die beiden Leichtmatrosen. Aber davon ist absolut nicht zu merken. Impf deine Genossen und verhaltet euch wenigstens auf der Heimreise wieder einmal normal. Morgen sind wir mit dem Ladebetrieb durch und dann geht es ab nach Bremen. Also, ich rate dir gut, beherzige meine Worte.«

Ohne ein weiteres Wort zu verlieren, begab er sich in Richtung Mittschiffs.

Damit hatte er seine kleine Ansprache über einen guten Tipp abgeschlossen und verließ einen sehr nachdenklich gewordenen, in sich gekehrten, an der Schanzung verharrenden, Fiete.

Regungslos.

Am frühen Nachmittag des darauffolgenden Tages hieß es dann endlich ›Klar Vorn und Achtern!‹

Die Ladungsarbeiten waren abgeschlossen, die Heimreise stand an. Sie hatten noch einen Gang von sechs Brasilianern an Bord genommen. Diese Jungs mussten während der Heimreise jeden Tag in die Zwischendecks steigen, um die in den Verschlägen lagernden, losen Paranüsse mit ihren Aluschaufeln umzuschaufeln, gründlich wenden, um einen Schimmelbefall der ziemlich frischen Paranüsse auszuschließen.

Welch ein trostloser Job.

Für die Heimreise hieß das Motto, das komplette Ladegeschirr zu überprüfen, da das Ladegeschirr in Iquitos und Belém sehr stark beansprucht worden war. Das hieß stark ramponierte Runner, gequetschte, übergelaufene Drähte und so weiter austauschen, sowie alle Lade- und Leitblöcke durchsehen und auf Beschädigungen prüfen.

Noch 17 Tage bis Bremen.

Abends in der Mannschaftsmesse hielt der Bootsmann eine kurze, leidenschaftslose, Rede. Im Wortlaut war sie beinahe identisch mit dem, was der Zweite Offizier Fiete bereits erzählt hatte. Nur das mit der Vorbildfunktion der Matrosen gegenüber den Junggraden ließ er weg.

Nachdem der Bootsmann geendet hatte, herrschte in der Messe Totenstille. Hier traf nun tatsächlich der alte Spruch zu, hätte jemand eine Stecknadel fallen gelassen, so hätte man bestimmt ihr Aufkommen auf dem Messeboden gehört. Nachdem der Bootsmann die Mannschaftsmesse verlassen hatte, gab es merkwürdigerweise keine laute, erregte Diskussion. Jeder war sich darüber im Klaren, was in der Vergangenheit abgegangen war. Gar nichts geschah, die Jungs der eingeschworenen Clique haderten mit sich selbst.

Der Seetörn lief routinemäßig wie immer. Bestehend aus Wachegehen und den anstehenden Arbeiten an Deck.
Leider wie angekündigt ohne Overtime für die Seelords der Clique.

Der Atlantik meinte es gut mit der Crew der *Clarita*, denn sie hatten Tag für Tag ruhiges Wetter und wenig Wind.
Dann wurde alles gecheckt und überholt, defekte Runner ausgetauscht, das laufende Gut. Die Lade- und Leitblöcke auseinander gebaut und alle Lager, sowie sämtliche Teile auf Beschädigungen und Verschleiß untersucht, um gegebenenfalls defekte und verschlissene Teile zu tauschen. Nachdem dann alle Teile wieder gut gefettet und geölt waren, wurde alles wieder fachgerecht zusammen gebaut.
Die Jungs der Clique wussten, dass sie keine Überstunden mehr reißen konnten, umso größere Mühe gaben sie sich mit den anstehenden Arbeiten, war ihnen doch klar, dass sie in der Vergangenheit den Dampfer mit einer Partymeile verwechselt hatten und sich manchmal zu viel Freiheiten herausgenommen hatten. Dabei hatten sie aber nie die Schiffssicherheit gefährdet. Daher klotzen sie ran wie die Tiere, Alkohol war so gut wie verpönt, sogar ihre Smoke-Times schränkten sie ein. Sie wollten sich wenigstens einen einigermaßen passablen Abgang verschaffen.

An den Sonntagen konnten sie nun ihre reichlich bemessene Freizeit, die ihnen nun auch schon zu viel war, einigermaßen genießen und die letzten Sonnenbäder auf dem Poopdeck waren angesagt. Die Jungs waren wortkarger geworden. Sie lagen am letzten Seesonntag vor Bremen zum letzten Mal auf dem Poopdeck und ließen sich nochmal von den nun schon milden Sonnenstrahlen verwöhnen. Aber Fiete brannten noch einige Fragen auf der Zunge und so wandte er sich Paul zu.
»He, Paul, was machst du in Bremen nach dem Abmustern? Bleibst du in Bremen?«

Alle Jungs waren mittlerweile dem gelinden Druck erlegen und hatten ihre Kündigungen: ›AUF EIGENEN WUNSCH‹, eingereicht.

»Nee, was glaubst du? Ich fahre selbstverständlich mit dem Zug nach Hamburg, gehe dort ins Seemannsheim. Und du?«

»Ich fahre auch mit dem Zug nach Hamburg und dann direkt nach Haus. Ich wohne ja in der Nähe von Hamburg.«

»Nicht schlecht, vielleicht sollten wir vorher im Zug unsere Adressen austauschen.«

»Ja, in Ordnung, können wir gerne machen.«

Nach diesem kurzen Wortwechsel schlief die Unterhaltung wieder ein, jeder hing seinen eigenen Gedanken nach.

Einige Tage später durchpflügte die *Clarita* die letzten Wellen der Nordsee, bevor der Seelotse an Bord kam, um sie sicher zum nächsten Lotsenwechsel zu begleiten. Nach dem Lotsenwechsel ging nach einigen Stunden mit der Revierfahrt auf der Weser der Seetörn der *Clarita* zu Ende.

Als ihr Dampfer in **Bremen 53° 07'11. 75« N / 08° 43'42. 93« O** fest war und die Gangway ausgebracht, löschklar hatten sie bereits auf der Weser gemacht, da wurde den Jungs der Clique erstmals so richtig bewusst: Nun ist es soweit, Schicht, Ausscheiden, Feierabend. Nur noch unter die Dusche und rein in die Landgangsklamotten.

Fiete hatte seine sieben Sachen schon rechtzeitig zusammengepackt, denn nun wollte er auch so schnell wie möglich von Bord. Mit Paul hatte er schon abgeklärt, dass sie alle: Uwe, Ove, Paul und er selbst, ein gemeinsames Taxi zum Bahnhof nehmen wollten. Die Jungs standen alle Mittschiffs, hatten ihre Seesäcke und Koffer in einem separaten Raum beim Koch untergestellt, als der Scheich vorbeikam.

Spontan sprach Fiete ihn an.

»He, Bootsmann, warte mal, ich wollte nur noch ganz kurz mit dir sprechen.«

Sie gingen an die Seite, sodass die anderen ihrer Unterhaltung nicht folgen konnten.

»Das was du auf dem Rio Amazonas mit mir abgezogen hast«, begann Fiete in aller Ruhe: »das ist nicht vergessen. Dein Name hat sich in mein Hirn eingebrannt. Sollten wir uns noch einmal begegnen, an Land oder auf einem Dampfer dann solltest du immer einen großen Bogen um mich machen, denn ansonsten kracht es im Karton. Und merke dir: Man sieht sich immer zweimal im Leben!«

Damit ließ er den total verdatterten Bootsmann einfach stehen. Er ging zurück zu seinen Mackern und dann stiegen sie gemeinsam die Niedergänge hoch, ein letztes Mal zum Funker.

Jetzt nur noch das Seefahrtsbuch und das Guthaben abholen.

Nun standen sie doch wieder zusammen, vielleicht zum letzten Mal und warteten darauf, dass ihnen der Funker die Seefahrtsbücher aushändigte.

Schnell war eine Unterschrift für das Aushändigen des Guthabens geleistet und dann waren sie auch schon auf der Gangway, hatten sich von den Zurückbleibenden Verabschiedet.

Kurz und schmerzlos, ihr Taxi wartete bereits.

Der Abschied von der *Clarita* schmerzte Fiete schon ein wenig, was hatte er nicht alles erlebt auf diesem guten Schiff.

Und er bereute nicht einen der Tage, nicht eine Stunde, die er an Bord der *Clarita* verbracht hatte.

Tschüss, *Clarita Schröder,* weiterhin gute Fahrt und immer eine Handbreit Wasser unterm Kiel.

Nachwort

Es waren nur Paul, Uwe, Ove und Fiete, die in Bremen abmusterten. Sie trennten sich in Hamburg auf dem Hauptbahnhof und versprachen in Kontakt zu bleiben.

Leider war dem nicht so.

So wie es sich vielleicht in dem Buch liest, besonders die Partys und der Besuch von etlichen Freudenhäusern, so heftig war es auch.

Der Autor hat hier über einen Zeitraum von knapp acht Monaten berichtet.

Allerdings gab es, für keinen der ›Clique‹, eine Tagebucheintragung noch einen Strafantrag.

Dank des Großmuts, des Kapitäns.

In diesem Buch wurden trotz allem nur Tatsachen wiedergegeben, ohne etwas zu beschönigen oder wegzulassen. All das trug sich so in den knapp acht Monaten an Bord der **Clarita Schröder** *zu.*

Die hier niedergeschriebenen Erlebnisse sind alle nur aus der Sicht des Matrosen Fiete zu verstehen.

Glossar

abgeladen = Das Schiff ist voll beladen.

anladen = Ein Schiff wird beladen.

Achteraus = nach hinten, hinter dem Schiff.

Anmustern = auf einem Schiff den Dienst antreten, anheuern.

Aufbauten = Bauteile über dem Hauptdeck des Schiffes, die von Bord zu Bord reichen; dagegen bezeichnet das Deckshaus oder Roof Bauteile, die nicht von Bord zu Bord reichen.

Aufbrisen = Der Wind nimmt an Stärke zu.

Autopilot = Selbststeuerautomatik

Ausscheiden = Ende eines Arbeitstages an Bord, auch landläufig *Feierabend*.

all hands (engl.)= Alle Mann, bei schwierigen Manövern z. B.: schwerem Wetter, wenn alle Männer der Besatzung im Einsatz sein müssen.

Achterspring = Festmacher, der vom Heck aus schräg nach vorne zeigt. Kann am Land am selben Poller festgemacht sein, an dem auch die Vorspring fest ist.

anhieven, hieven = heben.

Ankerball = Kugelförmiger Signalkörper, vorgeschriebenes Signal für Ankerlieger.

Ankergeschirr = Sammelbezeichnung für Anker und Ankerkette eines Schiffes.

Ankerspill = Vorrichtung (Winde) zum Hieven des Ankers wird von Hand, durch Dampf oder elektrisch betrieben.

Assi = hier E-Assi – Assistent des Elektrikers oder Ing.-Assi –Assistent eines Ingenieurs oder Assistent Nautik.

aufklaren = aufräumen; Ordnung schaffen; alle Arbeiten die an Bord der Ordnung dienen zum Beispiel: aufschießen des Tauwerks oder die Pantry aufräumen.

Back = Esstisch, Essschüssel; Aufbau auf dem Vordeck eines Schiffes; alles, was sich auf der Back (Essen) befindet, gehört allen, und jeder darf zugreifen.

auf- und abbacken = die Back (Tisch) decken oder abräumen.

Aufschießen = Ein Tau in Drehrichtung (meistens rechts herum) in lose Schlaufen gelegt, so dass es bei Gebrauch ohne zu verhaken und ohne Kinken abläuft.

Ballasttanks = spezielle Tanks, die mit Meerwasser gefüllt werden um zum Ausgleich der Schiffslage dienen.

Beiholer = Ein kurzer Stropp (Leine) dient zum Heranholen oder Abhalten von stehendem oder laufenden Gut.

Backbord = linke Schiffseite (von hinten gesehen), die Backbordseite wird immer rot gezeichnet. **Steuerbord** zeigt immer grün.

Backskiste = eine in der Kammer eingebaute Sitzbank, mit einer durch eine Klappe von oben zugänglichen Truhe (Kiste), zum Verstauen von persönlichen Gegenständen oder Teilen der Ausrüstung.

Ballast = wertlose Fracht, Totgewichte (Wasser, Sand, Gusseisen) zur Beeinflussung von Stabilität und Tiefgang bei Schiffen.

Barge = schwimmfähiger Ladungscontainer in Pontonform.

Blitz = seem. Abkürzung für den Schiffselektriker.

Bootsmann, Scheich = auf Handelsschiffen das für den Decksbetrieb verantwortliche seemännische Besatzungsmitglied. (heute Schiffsbetriebsmeister, zuständig für Deck und Maschine).

Bootsdeck = das Deck zur Unterbringung der Rettungsboote.

brechen = das zerreißen von Draht, Tauwerk und Ketten beim Überschreiten der Bruchlast.

Brücke, Ruderhaus = Kurzform für Kommandobrücke.

Brückennock = an beiden Seiten der Kommandobrücke herausragende Anbauten.

Bullauge = (englisch Bulleye), kleines, rundes Fenster in der Bordwand eines Schiffes.

Colli = übergroße, meist sehr schwere Packstücke (sperrige Kisten, Maschineteile, etc.).

Dampfer = Synonym für jede Art Schiff (auch Segelschiff) unabhängig vom Antrieb.

Decksmann = der für Decksarbeiten eingeteilte (auch ungelernte) Seemann.

Docker = Dock-Arbeiter, Hafenarbeiter, Schauermann. Männliche Personen die Schiffe be- und entladen.

einpicken = einhaken.

fieren = Leine, Tau nachgeben oder eine Last mit einem Kran herunterlassen.

fier weg = Kommando zum herunter lassen einer Last.

Fitt = hölzerner Marlspieker.

Freibord = Abstand zwischen Schwimmwasserlinie und oberstem Deck (Freiborddeck) von Seeschiffen.

Freiwache, Freitörn = wachfreie, dienstfreie Mannschaft.

Fullbrass = an der Reling aufgehängte Mülltonne bzw,. Müllsack; auch Fulbraß / Mülleimer.

Fußblock = einscheibiger Stahlblock, bei dem eine Backe aufgeklappt und das Tauwerk in den Tauraum eingelegt werden kann. Er wird vorwiegend zur Änderung der Zugrichtung von laufendem Gut verwendet.

Gangway = der Landgangsteg des Schiffes.

Gangbord = offener Betriebsgang an beiden Seiten eines Schiffes.

Junggrade = Schiffsjunge (Moses), Jungmann, Leichtmatrose.

Kabelgatt = Raum zum Aufbewahren von Tauwerk und Farben auf Schiffen.

Kammerstunde = Tradition auf deutschen Schiffen den Samstagnachmittag dazu zu nutzen um die Kammer gründlich zu reinigen und um defekte Ausrüstungsteile zu reparieren.

Kausch, Kausche = Ring mit Hohlrand, zur Verstärkung von Tau- und Seilschlingen.

Kochsmaat = im Wirtschaftsbereich zur Unterstützung des Kochs eingesetztes Besatzungsmitglied.

Koje = schmales, in der Kammer eingebautes Bett.

Kombüse = seemännische Bezeichnung für die Schiffsküche.

Kujampelwasser = früher vom Koch zubereitet, aus Frischwasser und eingerührter Marmelade.

Kujampel = auch abwertender Ausdruck in der Seefahrt für Fremdwährungen (Hartgeld).

Laschen = das Festzurren beweglicher Gegenstände, Ladung an Bord.

Laufendes Gut = Tauwerk oder Drähte, die zum Auf- und Niederholen von Ladebäumen sowie anderen Arbeiten dienen.

Ladegeschirr = Einrichtungen, mit denen Güter an Bord bewegt werden (Bordkräne, Ladebäume, Winden).

Lasching = festgezurrte Gegenstände z.B.durch Taue, Drähte, Ketten, etc., die das Verrutschen durch Seegang verhindern.

Lose = eine nicht durchgesetzte Leine hat »Lose«.

Luke = Luk (mittelniederdeutsch, altsächsisch, lukan »schließen«), durch meist feste Deckel verschließbare kleinere Öffnungen (Niedergangsluke) oder mit losen Deckeln wasserdicht verschließbare große Öffnung im Deck zum Be- und Entladen eines Schiffes (Ladeluke).

Lukensüll, Lukenkimming = etwa 1 Meter bis mannshohe Umrandung der **Lukenöffnung** als Süll.

Matrose = seemännisch ausgebildetes Mitglied der Schiffsbesatzung. Bei der Handelsschifffahrt wurde 1984 die Ausbildung zum Matrosen eingestellt. Das Berufsbild »Matrose« gibt es nicht mehr. An dessen Stelle ist der Schiffmechaniker getreten, mit einer Ausbildung für die Verwendung an Deck und an der Maschine.

Messjunge / Messbüdel = einer der Jüngsten an Bord eines Schiffes, schlägt die Steward Laufbahn ein.

mennigen = Rostschutz Farbe auftragen, Bleimennige, Farbeton orangerot, heute verboten, die Farbe enthielt zu viele Krankheit, fördernde Substanzen.

Messe = Speise- und Auenthaltsraum der Offiziere, Unteroffizier und Mannschaften (Offiziersmesse, Mannschaftsmesse).

mittschiffs = in der Mitte des Schiffes, zur Mitte des Schiffes hin; Mitte der Längs- oder Querschiffsrichtung.

Muck = (Mug, Mugge) Trinkbecher, meist aus emailliertem Blech.

mustern = ansehen; auf Tauglichkeit untersuchen(z. B. für die Seefahrt).

Netzbrook = großes, grobmaschiges Netz,. Wird aus Sicherheitsgründen unter der Gangway ausgebracht, gespannt.

Pantry = Anrichteraum an Bord von Schiffen, dient zur Aufbewahrung und zum Anrichten von Speisen.

Persennig = starkes Segeltuch zum Schutz und zur Abdeckung von Gerätschaften, Luken, Oberlichtern und Ladung.

Poller = kurzer, oben meist verdickter Pfosten aus Gusseisen oder Stahl, auf dem Schiffsdeck und an der Kai, zum Festzurren von Trossen (Festmacher) eines anlegenden Schiffes.

Poop-deck = hinterer Aufbau oberhalb des Hauptdecks von Schiffen; der erhöhte hintere Teil.

Reede = (niederdeutsch), Ankerplatz in einer Bucht oder außerhalb des Hafens.

riggen = auftakeln.

Revier-fahrt = das Fahrtgebiet von Schiffen, z. B. Revierüberwachung durch Radar (Jade, Weser, Elbe und deutsche Bucht).

Runner = Lastseil einer Winde; auch Windenläufer.

Sahling = Konstruktion, die Teile des Mastes miteinander verbindet und gleichzeitig eine kleine Plattform bildet.

Sack = seem. Ein Sack bekommen, bedeutet so viel wie eine fristlose Kündigung erhalten.

Salon = Aufenthaltsraum für den Kapitän, den ersten Ingenieur und den ersten Offizier. Hier finden auch alle offiziellen Veranstaltungen statt. Empfang der Behörden, Besprechung mit Maklern, dem Schiffsagenten, usw.

Schäkel = mit Bolzen verschließbarer, u-förmiger Haken zum Verbinden von Ketten, Seilen, Tauen und Trossen; Ankerkette➜ ein Schäkel gleich fünfundzwanzig laufende Meter Kette. (hier Maßeinheit).

Schanzung, Schanzkleid, Schanz = im Gegenteil zur Reling eine feste, das freie Deck nach außen abschließende Schutzwand.

Schapp = kleiner Schrank, Gelass.

scheren = Tau durch einen Block ziehen.

Schiemannsgarn = dünnes, geteertes Tauwerk, Garn zum Umwickeln von Spleißstellen.

Schietgang = ein Gang besteht immer aus vier oder sechs Leuten.

Die **Schietgang** übernimmt Arbeiten jeglicher Art.

Schwabber = anderer Ausdruck für Dweil, Reinigungsgerät aus altem Tauwerk zum Deckwaschen.

seeklar = das Schiff ist fertig zum Auslaufen.

Seetörn = Fahrt über die offene See.

Smietlien/Schmeißleine = Wurfleine

Spleiß = (Spliß), durch Spleißen hergestellte Verbindung zweier (Seil-) Tauenden.

Spring = eine von Achtern nach Vorn bzw. von Vorn nach Achtern verlaufende Festmacherleine damit das Schiff auch ohne Einflüsse von Wind bewegungslos parallel zur Pier liegen bleibt.

Stauen = Be- oder Entladen von Schiffsfrachten; Ladung raumsparend und seefest lagern.

Stelling/Stellage = an Seilen über der Bordwand hängendes Brettgerüst zum Arbeiten an der Außenwand eines Schiffes.

Stropp = (Steert) Tau oder Stahltrosse mit Ring zum Hieven von Lasten.

Smutje/Smut = Schiffskoch (Smutt).

Spill = Winde mit senkrechter Achse; z. B. Ankerspill zum einhieven der Ankerkette (Trosse) oder eine Winde zum Verholen.

Schwell = (Swell), Dünung, Wellen, die Ausläufer von Stürmen die weitab vorbeigezogen sind.

Schwergutbaum/Jumbo = bordeigenes Ladegeschirr mit einer Tragfähigkeit bis zu 500 Tonnen. Heute auch mehr.

Stückgut = (Frachtgut, Ladung); als Einzelstück abgefertigte Sendung z. B. Kisten, Ballen, Tonnen.

Törn = (niederdeutsch), seem. Slang; Zeitabschnitt einer Reise, einer Wache (z. B. Wachtörn, Seetörn).

Tangodiesel = Radio

Tampen = (Ende, auch Tauende), jedes Tau oder jede Leine.

tight = aus dem Englischen, festzurren, strammziehen.

Unterraum = unterster Laderaum eine Schiffes.

Verholer = Slang; der Seemann macht in irgendeiner Ecke eine nicht genehmigte Pause.

Wachgänger = Brückenwache, Maschinenwache, Deckswache (bewacht das Schiff im Hafen).

Wachoffizier = (Abk. WO; z. B. : 1 WO, 2. WO, 3. WO.), nautischer Offizier, der für den Zeitraum seiner Wache eigenverantwortlich die nautische Führung des Schiffes übernimmt.

Whooling = Slang, seemännisch für durcheinander von Tauwerk und Gerätschaften.

Winde/Winsch = Vorrichtung zum Heben, Senken und Heranziehen von Lasten.

Windenhaus = kurzes Deckshaus zwischen den Ladeluken auf dem Hauptdeck von Frachtschiffen.

Windhuze = drehbarer Lüfter an Deck mit trichterförmiger Öffnung.

Zimmerhook = die Zimmerhook ist die spezielle Werkstatt des Zimmermannes an Bord. Sie befindet sich zumeist auf dem Vorschiff, unter der Back.

Vom Autor bisher erschienen:

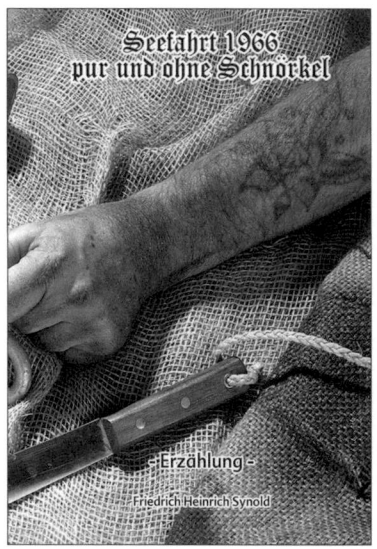

Seefahrt 1966 pur und ohne Schnörkel
ISBN 978-3-8334-4382-4

Dieses Buch erzählt über der Arbeitsalltag, des Decksmannes Fiete, auf einem Tanker. Es erzählt von Walen, fliegenden Fischen, den Traditionen der Seeleute und natürlich dem Duft der Tropen. Nicht zu vergessen der Landgang in der Karibik, der anders endete, als es sich der Decksmann Fiete ausgemalt hatte. Aber am Ende kamen er und seine Kameraden, doch unbeschadet, wieder in ihrem Heimathafen, in Hamburg an.

Seefahrt, Kümo 1969. Alles ungeschminkt!

ISBN 978-3-8482-3572-8

Decksmann Fiete hatte es geschafft und war in Hamburg auf einem Kümo, der »Libromadeira«, angemustert.

Dort wurde es dann doch härter und nicht ganz so einfach, wie er es sich in seiner Fantasie ausgemalt hatte. Trotz allem entstanden echte Männerfreundschaften, die auch durch das überaus merkwürdige Verhalten eines anderen Crewmitgliedes nicht erschüttert werden konnten.

Sie ritten auf der »Libromadeira« schwerste Stürme ab, wobei es Fiete so mulmig wurde, dass sogar erstmals wieder Gedanken an Gott in ihm aufkeimten.

Trotzdem trieben sie es mit den wildesten Mädels an Nord- und Ostsee. Die daraus resultierenden kurzen Nächte hielten sie nicht davon ab, morgens immer wieder einigermaßen fit an Deck zu erscheinen.

In Belfast gerieten Achim, Theo, Reinhard und Fiete in eine heftige Schlägerei, der sie durch Flucht entkommen wollten. Schnellstens versuchten sie in Achims parkenden Käfer zu gelangen. Da traf Fiete urplötzlich etwas Hartes an seiner rechten Schläfe und auf einen Schlag erloschen seine Lebensgeister.

War nun alles aus?

Für immer vorbei?

Caribbean feeling und ein uraltes, spanisches Grab
ISBN 978-3-7357-9988-3

Als Uwe, Kuddl, Carla und Klaus einfach mal wieder bei Maria und Pit in der Karibik Urlaub machen wollen, geraten sie in die Suche nach einem imaginären Schatz spanischer Konquistadoren. Dabei treffen sie mit gnadenlosen karibischen Piraten zusammen, die das Leben von Maria und Carla auf die brutalste Weise gefährden, woraufhin die ganze Angelegenheit zu eskalieren droht. Da sehen sich Uwe und Kuddl gezwungen, noch einmal tief in ihre schon vergessen geglaubte GSG-9-Trickkiste zu greifen. Manchmal helfen sie tatsächlich, die kleinen, fiesen Tricks!

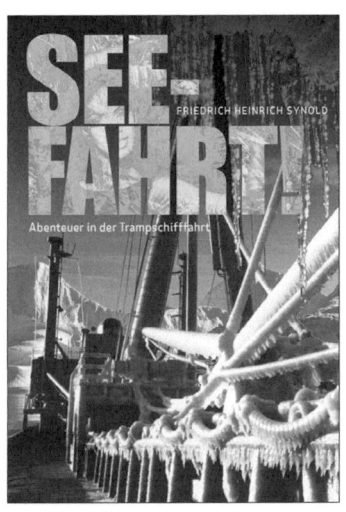

Seefahrt! Abenteuer in der Trampschifffahrt

ISBN 978-3-7392-7114-9

Nicht zu wissen, welcher Hafen oder welcher Kontinent demnächst angelaufen werden soll, das ist das Schicksal oder aber die Freude eines Seemannes, der ein Trampschiff sein Zuhause nennt. Das wollte Fiete und erreichte auch sein Ziel: Er stieg in Italien auf einem Tramper ein. Allerdings hatte er nicht erwartet, dass dort einige der heftigsten Erfahrungen seines Lebens über ihn hereinbrechen würden: angefangen mit leichten Ladungssprengarbeiten in Norwegen, einem Duschverbot nach Verlassen des englischen Kanals, sowie Pflanzkartoffeln-Laden in Kanada während eines Schneesturms.

So begann es auf der »Marie Reith«, und es sollte sogar noch besser kommen: verlockende Angebote Eingeborener am Strand von Puerto Cabello, viel Spaß in der Waagerechten mit einem hübschen Mädel in Brasilien und dann leider noch sein Notstopp in einer Klinik in Newport News. Allerdings wurde er dort von einer sehr kompetenten Krankenschwester bestens versorgt. In allen erdenklichen Belangen.

Die größte Überraschung erlebte Fiete aber nach dem Auslaufen aus Brasilien, als sie bereits wieder auf offener See waren.

Da stand »ER« urplötzlich vor ihm.

Diamantenfluch(t)! Showdown in Bergedorf
ISBN 978-3-7431-5906-8

Angola, Cocotaco-Mine 1971.

Im Jahre 1971 wird der größte Rohdiamantenfund aller Zeiten für die Cocotaco-Mine verbucht. Wert: zweihundert Millionen US-Dollar!

Teilhaber dieser Mine sind zwei skrupellose Diamantenhändler aus Antwerpen. Sie haben sich an der Börse verspekuliert und planen nun einen ganz besonders perfiden Coup: Sie heuern ein Söldnerteam an, das die Diamanten erbeuten soll. Dieser Raubzug gelingt mit Bravour. Auf der Flucht stürzt das Flugzeug über Südfrankreich ab. Nur drei der Söldner überleben, der Pilot und ein weiterer Söldner sterben bei dem Absturz. Die drei Überlebenden flüchten mit den Rohdiamanten nach Norddeutschland. Durch die Beziehungen des Team-Leader zum MI 6 können sie in Hamburg-Bergedorf ein sicheres Haus nutzen.

Dort kommt eine Frau ins Spiel, die die feinen Herren auf ihrer Flucht kennengelernt haben.

Allerdings können sie nicht ahnen, dass der Vater dieser jungen Frau als Hauptkommissar bei der Hamburger Polizei beschäftigt ist. Und dann beginnen die Dinge in Fluss zu geraten, und die Ereignisse überstürzen sich.